पेंगुइन स्वदेश

पिंजर

अमृता प्रीतम पंजाबी के सबसे लोकप्रिय लेखकों में से एक थीं। पंजाब (भारत) के गुजरांवाला ज़िले में पैदा हुईं अमृता प्रीतम को पंजाबी भाषा की पहली कवयित्री माना जाता है। उन्होंने लगभग 100 पुस्तकें लिखी हैं, जिनमें उनकी चर्चित आत्मकथा *रसीदी टिकट* भी शामिल है। अमृता प्रीतम उन साहित्यकारों में थीं, जिनकी कृतियों का अनेक भाषाओं में अनुवाद हुआ। अपने अंतिम दिनों में अमृता प्रीतम को भारत का दूसरा सबसे बड़ा सम्मान 'पद्मविभूषण' भी प्राप्त हुआ। 'साहित्य अकादमी पुरस्कार' पाने वाली भी वे पहली महिला लेखिका हैं।

पिंजर

विभाजन का दंश झेलती
महिलाओं की पीड़ा

अमृता प्रीतम

पेंगुइन स्वदेश
पेंगुइन रैंडम हाउस इंप्रिंट

पेंगुइन स्वदेश

यूएसए | कनाडा | यूके | आयरलैंड | ऑस्ट्रेलिया | सिंगापुर
न्यू ज़ीलैंड | भारत | दक्षिण अफ़्रीका | चीन

पेंगुइन स्वदेश, पेंगुइन रैंडम हाउस ग्रुप ऑफ़ कंपनीज़ का हिस्सा है,
जिसका पता global.penguinrandomhouse.com पर मिलेगा

पेंगुइन रैंडम हाउस इंडिया प्रा. लि.,
चौथी मंजिल, कैपिटल टावर-1, एम जी रोड,
गुरुग्राम 122 002, हरियाणा, भारत

पेंगुइन
रैंडम हाउस
इंडिया

प्रथम हिंदी संस्करण हिंद पॉकेट बुक्स द्वारा 2003 में प्रकाशित
प्रस्तुत हिंदी संस्करण पेंगुइन स्वदेश में पेंगुइन रैंडम हाउस द्वारा 2025 में प्रकाशित

10 9 8 7 6 5 4

ISBN 9789353490072

टाइपसेटः www.maniworks.com
मुद्रकः रेप्रो इंडिया लिमिटेड

www.penguin.co.in

FSC www.fsc.org MIX Paper from responsible sources FSC® C047271

This is a legitimate digitally printed version of the book and therefore might not have certain extra finishing on the cover.

पिंजर, 1935

मटमैला दिन था। बोरी के टुकड़े पर बैठी पूरो मटर छील रही थी। उँगलियों में पकड़ी हुई फली को खोलकर जब उसने दानों को मुट्ठी में सरकाना चाहा, तो एक सफ़ेद कीड़ा उसके अँगूठे पर उतर आया . . .

जैसे एकाएक कीचड़ भरे गड्ढे में पाँव जा पड़ने पर एक सिहरन-सी हो उठती है, वैसी ही सिहरन पूरो के सारे बदन में उतर गई। हाथ झटककर उसने कीड़े को परे फेंक दिया और अपने हाथों को अपने घुटनों में भींच लिया।

पूरो के सामने मटर की फलियाँ, निकाले हुए दाने और ख़ाली छिलके बिखरे पड़े रहे। उसने घुटनों के बीच में से दोनों हाथ निकालकर अपने कलेजे को थाम लिया। लगा, सिर से पाँव तक उसका बदन मटर की उस फली की तरह है, जिसके भीतर मटर के दानों की जगह कोई कीड़ा पनप रहा है।

पूरो को अपने अंग-अंग से घिन्न आने लगी। मन चाहा कि वह अपने पेट में पल रहे कीड़े को झटक दे; उसे अपने से दूर कहीं झाड़ दे। ऐसे, जैसे कोई चुभे हुए काँटे को नाखूनों में लेकर निकाल देता है, जैसे कोई धँसे

हुए गोखरू को उखाड़कर फेंक देता है, जैसे कोई चिपटी हुई किलनी को नोचकर अलग कर देता है, जैसे कोई चिपटी हुई जोंक को तोड़ फेंकता है।

पूरो सामने दीवार की ओर देखने लगी, बीते हुए दिन एक-एक करके वहाँ से गुज़र रहे थे।

वह गुजरात ज़िले के एक गाँव छत्तो आनी के शाहों की बेटी थी। शाह, जिनका साहूकारी का काम कब का बंद हो चुका था, फिर भी वह शाह कहलाते थे। समय के चक्र से शाहों के उस घर का यह हाल हो गया कि देग और कंडाल जैसे उनके बड़े-बड़े बर्तन भी बिक गए – वे बर्तन, जिन पर उनके पूर्वजों के नाम खुदे हुए थे। प्रतिदिन की इस जीती-जागती ग्लानि से बचने के लिए पूरो के पिता और चाचा अपना गाँव छोड़कर सियाम चले गए। वहाँ उनके दिन सचमुच पलट गए।

उन दिनों पूरो बच्ची-सी थी और उसकी माँ की गोद में एक लड़का था। उजड़े हुए शाहों का यह परिवार फिर अपने गाँव छत्तों आनी आया। पूरो के पिता ने अपना गिरवी पड़ा हुआ मकान छुड़वाकर अपने बाप-दादाओं के नाम की लाज रख ली। यद्यपि उसके पिता को नया मकान बनवाने में इससे भी कम पैसे खरचने पड़ते, पर उसने ब्याज की भी परवाह न की और एक बार दाँत भीचकर अपने पूर्वजों के नाम की रक्षा कर ली।

अनाज, चारा और अन्य वस्तुओं की ठीक-ठीक व्यवस्था करके वह सियाम चले गए, किंतु उनका मकान, उनका नाम, उनके पीछे गाँव में बसता रहा। अगली बार जब वह अपने गाँव लौटे, उस समय पूरो चौदह वर्ष की थी। उससे छोटा उसका एक भाई था, उससे छोटी पूरो की ऊपर तले की तीन बहनें थीं और अब के पूरो की माँ को छठी बार फिर किसी बच्चे की उम्मीद थी।

शाहों के उस परिवार ने गाँव आकर पहला काम किया कि पास के गाँव रत्तोवाल के एक अच्छे खाते-पीते घर में पूरो के लिए लड़का देखा। पूरो की

माँ सोचती थी कि जब वह नहा-धोकर उठेगी तो बड़े चाव से पूरो का काज करेगी। इस बार वे सोचकर आए थे कि इस भार को उतारकर ही लौटेंगे।

पूरो की होनेवाली ससुराल में उन दिनों तीन दुधार पशु थे और गाँव में उनका मकान अकेला था, जिसके ऊपर की पक्की ईंटों की बरसाती बनी हुई थी। मकान के माथे पर उन्होंनें 'ॐ' लिखवाया हुआ था। लड़का सूरत का अच्छा दीख पड़ता था।

पूरो के पिता ने पाँच रुपए और गुड़ की भेली देकर लड़का रोक लिया था। उन दिनों गुजरात ज़िले में अदला-बदली के संबंध होते थे। जिस लड़के से पूरो की सगाई हुई, उस लड़के की बहन की सगाई पूरो के भाई के साथ की गई, यद्यपि पूरो का भाई उस समय मुश्किल से बारह बरस का था और उसकी मँगेतर बहुत ही छोटी थी।

दो-दो बरस के अंतर से ऊपर तले तीन लड़कियों को जन्म देने के कारण पूरो की माँ का मन क्षुब्ध-सा हो गया था। अब जबकि उनके दिन फिर गए थे, घर में मन-भर खाने को था, जी-भर पहनने को था, उसका मन करता था कि उसके फिर एक लड़का हो।

इस बार पूरो की माँ ने दूसरा काम यह किया कि विधिमाता की पूजा की। गाँव की कुछ स्त्रियों ने पूरो के घर के आँगन में गोबर की एक गुड़िया बनाई, लाल चुनरी की किनारी लगाकर उसे उस गुड़िया के सिर पर उढ़ा दिया, दो माशे सोने की छोटी-सी नथ बनवाकर उसकी नाक में डाली और सबने मिलकर गाया–

बिधमाता रुस्सी आवीं ते मन्नी जावीं,
बिधमाता रुस्सी आवीं ते मन्नी जावीं।

उनके अपने गाँव और आसपास के गाँवों में स्त्रियों का यह विश्वास था कि हर बच्चे के जन्म के समय विधिमाता स्वयं आती हैं। यदि विधिमाता अपने पति से हँसती-खेलती आती हैं, तो आकर झटपट लड़की बनाकर

चली जाती हैं, उन्हें अपने पति के पास लौटने की जल्दी होती है। किंतु यदि विधिमाता अपने पति से रूठकर आती हैं तो उन्हें लौटने की कोई जल्दी नहीं होती। वह आकर बहुत समय तक बैठती हैं और आराम से लड़का बनाती हैं। तो सब स्त्रियों ने मिलकर फिर गाना आरम्भ किया–

बिधमाता रुस्सी आवीं ते मन्नी जावीं,

विधिमाता शायद कहीं पास ही सुन रही थीं, उन्होंने उनका कहा मान लिया। पंद्रह-सोलह दिन बाद पूरो की माँ के लड़का हो गया। शाहों के दूर पार के संबंधियों को भी बधाइयाँ मिलने लगीं। चिंताजनक एक बात थी और वह यह कि लड़का तेलड़ था। तीन बहनों पर भाई हुआ था। पूरो की माँ को बड़ी चिंता थी, राम करे, किसी प्रकार लड़का बच जाए और बच जाए तो माता-पिता को भारी न हो। विधिमाता को मनानेवाली स्त्रियाँ फिर एक बार इकट्ठी हुईं और काँसे के एक बड़े-से थाल के बीच में बड़ा-सा छेद करके लड़के को उसमें से आर-पार निकाला, साथ में गाती रही

त्रिखलां दी धाड़ आई,
त्रिखलां दी धाड़ आई।

तीन लड़कियों के बाद ईश्वर की कृपा से पैदा लड़के के सारे शगुन मनाकर अब सबको विश्वास हो गया कि लड़का बच जाएगा।

पंद्रहवाँ वर्ष आरम्भ होते-होते पूरो के अंगों में एक हुलार-सा आ गया। पिछले बरस की सारी कमीजें तंग पड़ने लगीं। पूरो ने पास की मंडी से फूलों वाली छींट लाकर नए कुरते सिलवाए। कितना सारा अबरक लगाकर चुनरियाँ तैयार कीं।

पूरो की सहेलियों ने उसे दूर से उसका मँगेतर रामचंद दिखा दिया था। आँखों में उसकी छवि पूरी की पूरी उतर गई थी। उसका ध्यान आते ही पूरो का चेहरा सुर्ख़ हो जाता था।

पूरो बहुत कम बाहर निकल पाती, पास के गाँववालों का इस गाँव में आना-जाना बहुत रहता था, उसकी ससुराल के गाँववाले कहीं पूरो को देख न लें।

बस ज़रा दिन ढले पूरो और उसकी सहेलियाँ खेतों में घूम-फिर आती थीं। कई बार पूरो अपने खेतों के पास से गुज़रती हुई कच्ची सड़क के आसपास अटक रहती, कभी कोई साग चुनने बैठ जाती, कभी किसी बेरी के पेड़ से लगकर खड़ी हो जाती, बेर गिराती, उन्हें चुनती और सहेलियों को बातों में लगाए रखती। वह सड़क उसकी होनेवाली ससुराल को जाती थी।

मन ही मन सोचती, यदि उसका मँगेतर आज इधर से गुज़र जाए। वह उसे गुज़रते हुए एक बार देख ले! पूरो का दिल उस सड़क के किनारे खड़े होते ही धक्-धक् करने लगता। फिर सारी रात पूरो अपने मँगेतर के स्वप्नों में उतर जाती . . .

एक दिन पूरो की नई जूती उसकी एड़ी में बहुत लग रही थी। सहेलियों के साथ चलते वह पीछे रह-रह जाती थी। पूरो और उसकी सहेलियाँ खेतों में से होकर घर लौट रही थीं। साँझ पिघले हुए सिक्के की तरह चारों और बिखर गई थी। लड़कियाँ खेतों की डौल-डौल चलती अब गाँव की पगडंडी पर आ गई थीं। यह पगडंडी कहीं चौड़ी और खुली ख़ाली भूमि पर होकर जाती थी और कहीं कुछ पेड़ों, पीपलों और झाड़ियों के साथ-साथ, जैसे उनकी बाँह पकड़कर आगे बढ़ती थी। सब लड़कियाँ आगे-पीछे इसी पगडंडी पर चली आ रही थीं। पूरो थोड़ा पीछे रह गई थी। दाएँ पाँव की एड़ी के पास एक बड़ा-सा छाला उभर आया था। पूरो ने तंग जूती दोनों पैरों से उतारकर हाथों में ले लीं और पाँव तेज़ी से बढ़ाने लगी।

लड़कियाँ पूरो से कहा करती थीं कि उसका दायाँ पैर बाएँ पैर से भारी था, इसलिए उसके दाहिने पैर में जूती लगती थी। इसी तरह पूरो का दायाँ हाथ भी बाएँ हाथ से भारी था।

'हाँ जी, चूड़ी पहनते हुए पता चलेगा', कहकर लड़कियाँ पूरो को छेड़ा करती थीं।

पूरो की आँखों के सामने आ जाता, सुच्चे हाथी दाँत की लाल चूड़ियाँ उसके हाथों में पहनाई जा रही हैं, पिछली बड़ी-बड़ी खुली-खुली चूड़ियाँ पहनाने के बाद, आगे की छोटी चूड़ियाँ उसके दाएँ हाथ में फँस गई हैं। नाई ने तेल से उसके अँगूठे की हड्डी को मला, और हाथी दाँत की लाल चूड़ी को उसके हाथ में ज़ोर से धकेलने लगा। पूरो को ख़याल आया, कहीं उसकी हाथी दाँत की लाल चूड़ी उसके दाहिने हाथ में टूट जाए तो! पूरो के कलेजे को एक धक्का-सा लगा। यह शगुन कितना बुरा है! उसकी शगुन की चूड़ी, उसके सुहाग की चूड़ी उसके हाथों में क्यों टूटे! पूरो ने अपने दाहिने हाथ को तिरस्कार से देखा। भगवान! उसका मँगेतर युग-युग जिए! हज़ार-लाख वर्ष जिए पूरो के हृदय ने कामना की। फिर पूरो को याद आया, उसके गाँव में चूड़ा चढ़ाते समय एक लड़की की चूड़ी सचमुच टूट गई थी। पास खड़ी हुई स्त्रियाँ 'राम-राम' कहकर भगवान से उसके पति की कुशल कामना करने लगी थीं, फिर सुनार से सोने का एक पतला-सा तार टूटी हुई चूड़ी में पुरवाकर उस लड़की को फिर वही चूड़ी पहनाई थीं, जैसे उन्होंने उसके पति की टूटी हुई जीवनडोर को जोड़ दिया हो।

पूरो इन्हीं शगुन-अपशगुन में फँसी हुई थी कि बाएँ हाथ की ओर से पीपल के पीछे से एक व्यक्ति निकलकर पूरो के सामने खड़ा हो गया। पूरो ने जल्दी से देखा, उसके गाँव का जवान लड़का रशीद उसके सामने खड़ा था। रशीद की आयु बाइस-चौबीस वर्ष की होगी, उसकी भरी हुई जवानी मुँह से बोल रही थी।

पूरो ने देखा, रशीद की दोनों बड़ी-बड़ी आँखें पूरो पर गड़ी हुई हैं। वह काँप उठी। उसकी एक हल्की-सी चीख निकली और वह रशीद के पास से बचती हुई भाग खड़ी हुई।

पूरो भागती-भागती लड़कियों के साथ जा मिली। अब वे अपने घरों के पास पहुँच गई थीं। पूरो की साँस ठिकाने न थी। इतना ही भला हुआ कि रशीद ने उसके हाथ न लगाया, रशीद ने उससे कुछ न कहा।

'अरी, लड़का था या कोई शेर था!' सहेलियों ने उससे ठिठोली की, किंतु अभी तक पूरो की जान में जान नहीं आई थी।

'शेर तो केवल फाड़कर खा जाता है, कहते हैं कि अगर रीछ को कोई औरत अकेले मिल जाए तो वह उसे मारता नहीं, उठाकर ले जाता है। अपनी गुफा में ले जाकर उसको अपनी औरत बना लेता है।' सहेलियों में से एक ने यह बात सुनाई।

पूरो की जान फिर सूखने लगी। हाय, उस करमों जली का क्या हाल होगा, जिसे रीछ अपनी औरत बना ले! यह सोच-सोचकर पूरो का रंग उड़ने लगा। पूरो को फिर रशीद की फैली-फैली आँखें याद आ गईं।

अब पूरो अपने घर पहुँच गई थी। सहेलियाँ हँसती-बोलती आगे बढ़ गईं।

दूसरे दिन जब पूरो और उसकी सहेलियाँ खेतों में सींगरे तोड़ रही थीं, जल्दी से पूरो दो मुट्ठी सींगरे पास ही चलते हुए रहट पर धोने ले गई। छोटे-छोटे सीगरों की डठलें तोड़कर दो-चार सींगरे पूरो ने अपने मुँह में डाल लिए। तभी उसने देखा कि पास के पेड़ के साथ रशीद खड़ा हुआ है। उसके पैरों में से तो किसी ने जान ही खींच ली। भय उसके होंठों पर बैठ गया।

'अजी डरती क्यों हो? हम तो तुम्हारे चाकर हैं।' आज रशीद बोल उठा। उसकी आवाज़ से शरारत टपक रही थी।

पूरो को ऐसा लगा, जैसे अभी रशीद रीछ के चौड़े पंजे की तरह उस पर झपट पड़ेगा, उसकी लंबी-लंबी उँगलियाँ रीछ के नाखूनों की तरह उसकी गर्दन के चारों ओर फैल जाएँगी फिर वह उसे खींचता हुआ ले जाएगा और फिर . . . फिर?

इतने में पूरो ने देखा, सामने से दो किसान चले आ रहे हैं। रशीद उसी तरह खड़ा था। पूरो लाल टमाटरों से भरी हुई क्यारी के ऊपर से छलांग लगाकर जल्दी-जल्दी पाँव फेंकती सहेलियों से जा मिली।

उस दिन पूरो बहुत निढाल-सी रही। सारे रास्ते लड़कियों का हाथ पकड़-पकड़कर चलती रही। परछाइयों से भी काँप-काँप जाती, ज़रा-सी खड़खड़ाहट से भी चौंक-चौंक उठती।

पूरो ने न तो कुछ अपनी माँ को बताया, न अपने पिता को। उसकी सहेलियाँ कहती थीं, भला यह भी माँ-बाप से कहने की बात है! जवान लड़कियों को रास्ता चलते शोहदे सदा से ही ताकते-झाँकते आए हैं। ज़बानी तौर पर कभी उनके ग़ुलाम बनते हैं, कभी अपने-आपको उनका चाकर कहते हैं, ऐसे ऊलजलूल बकते ही आए हैं। वे बका करें, भला कोई कुत्तों के भौंकने से डरकर सड़कों पर चलना छोड़ देता है!

उस दिन उनके गाँव में छह-सात बरस के एक लड़के को पागल कुत्ते ने काट खाया। गली-मोहल्ले की स्त्रियों ने मिलकर लड़के के घाव पर लाल मिर्च बाँध दीं। मिर्च की तेज़ी से कुत्ते के दाँतों का ज़हर कट जाता है। पूरो ने जब यह ख़बर सुनी तो मन में आया कि वह लाल मिर्च कूटकर रशीद की आँखों में झोंक दे। जितना वह रशीद की आँखों के बारे सोचती थी, उतना ही उसे ज़हर चढ़ता था।

सहेलियाँ पूरो की बाँहें पकड़कर खींचती थीं, पर पूरो को साहस न होता था कि वह खेतों की ओर जाए।

और फिर अब पूरो का विवाह भी दिन-दिन पास आता जा रहा था। पूरो के पिता ने घी और मैदा इकठ्ठा करके घर में धर लिया था। पूरो की माँ ने पीले रेशम से कढ़ी हुई लाल फुलकारियों से लकड़ी का संदूक भर लिया था। सियाम से लाए हुए रेशमी जोड़ों से उसने दहेजवाला सफ़ेद ट्रंक भी भर दिया था। चुनरियों की छोटी बांकड़ी चुन-चुनकर उसके पोरवे दुःखने

लगे थे। पिछली ओर का भीतरवाला कमरा, जहाँ उसने पूरो के दहेज के लिए पीतल के पूरे इक्यावन बर्तन जोड़े थे, झमाझम कर रहा था। उन दिनों देहातों में क्रोशिए के काम का बड़ा चलन था। पूरो ने क्रोशिए से बनाए हुए फूल जोड़-जोड़कर पलंग की पूरी चादर बनाई थी। दसूती के तार गिन-गिनकर उसने फूल काढ़ने सीखे थे। अपने हाथ से अपने दहेज के लिए डलिया और मोढ़े बनाए थे।

एक दिन पालक के नरम-नरम पत्तों को तोड़कर पूरो ने साग काटा। पूरो की माँ सुतली से बने हुए पीढ़े पर बैठी अपने लड़के को दूध पिला रही थी। पूरो ने मिट्टी की हंडिया को बान के छोटे-से गुच्छे से अच्छी तरह माँजा, फिर साग को पानी से दो बार धोकर और उसमें चने की दाल मिलाकर हंडिया में भर दिया। हारे की मीठी-मीठी आग पर दूध कढ़ रहा था। पूरो ने चूल्हे में दो-चार छिपटियाँ लगाकर साग चढ़ा दिया।

पूरो का विवाह अब बिलकुल पास आ गया था। माँ को प्रतीक्षा थी कि कौन जाने आज या कल पूरो की ससुराल से कोई नाप लेने ही आ जावे। पूरो कितनी सुंदर सयानी लड़की है। रोटी टुकड़ा तो वह आँगन में इधर से उधर चलते-फिरते ही कर लेती है। पूरो की सहेलियाँ कहती थीं कि पूरो को जवानी भी तो भर के चढ़ी है। पूरो के गोरे मुख पर आँख ठहरती न थी। माँ ने एक चाहत भरी दृष्टि से पूरो की ओर देखा, शायद वह सोचती थी कि पूरो अब ससुराल चली जाएगी, पूरो के मायके का घर भाँय-भाँय करेगा। पूरो अपनी माँ का दाहिना हाथ थी। माँ की आँखों में आँसू भर आए। बैठी-बैठी पूरो की माँ गाने लगी –

लावीं ते लावीं नी कलेजे दे नाल माए,
दस्सीं ते दस्सी इक बात नीं।
बातां ते लम्मीयां नी धीयां क्यों जम्मियां नीं,
अज्ज विछोड़े वाली रात नीं।

माँ का मन भर आया। पूरो चौके के छोटे-छोटे काम निबटाती हुई मां की आवाज सुन रही थी। पूरो के दिल में बिछोड़े की एक हौल-सी उठी। मां आगे गाने लगी—

चरखा जु डाहनीयाँ मैं छोपे जु पानीयाँ मैं,
पिड़ियाँ ते वाले मेरे खेस नीं।
पुत्रां नू दित्ते उच्चे महल ते माड़ियाँ
धीया नू दित्ता परदेस नीं।

पूरो दौड़ी-दौड़ी आकर माँ के गले से लिपट गई। माँ-बेटी दोनों रो पड़ीं। हर लड़की का यौवन उसे अपनी माँ से अलग कर देता है।

माँ ने जी कड़ा किया, बेटी के कंधे को चूमकर प्यार किया। संध्या उनके आँगन में भी उतर आई थी। माँ को याद आया कि दूसरी साग-भाजी घर में नहीं थी, कौन जाने पूरो की ससुराल से कोई आता हो!

उसने कहा कि छोटी बहन की उँगली पकड़कर पास के खेतों में से चार भिंडी ही तोड़ ला। और चावल की एक मुट्ठी और गुड़ की भेली डालकर मीठे चावल भी चढ़ा दे।

पूरो का दिल भी आज भर-भर आता था। उसने अपनी छोटी बहन को साथ लिया और बाहर चली गई। भिंडी तोड़ीं, दो-चार सींगरें तोड़े और उलटे पाँव छोटी बहन को साथ लेकर घर की ओर चली। लौटते समय पूरो सोच रही थी, और भरे हुए मन में आ रहा था कि अब वह अपनी माँ से अलग हो जाएगी, अपनी बहनों से बिछुड़ जाएगी, अपने नन्हे-से भाई से दूर चली जाएगी। वज्र के प्रहार-सा पूरो को एकाएक ख़याल आया, यदि यहाँ रशीद मिल जाए तो? और वह पाँव उठाकर चलने लगी। 'पूरो, दौड़ क्यों रही है?' पूरो की छोटी बहन की साँस उखड़ रही थी।

पूरो के पीछे की ओर से एक घोड़ी दौड़ती हुई आई, वह अभी पगडंडी से हट भी न पाई थी कि न जाने घोड़ी या घुड़सवार कौन पूरो के दाहिने कंधे

से टकरा गया। पूरो गिरने ही लगी थी कि किसी ने उसे कंधे से पकड़कर घोड़ी के ऊपर डाल लिया। पूरो की चीख़ें उड़ती हुई घोड़ी के साथ पल-पल दूर होती चली गईं। उसकी बहन खड़ी काँपती रह गई।

न जाने वह घोड़ी कहाँ से आई थी, उसका सवार कौन था, घोड़ी कितनी ही देर तक दौड़ती रही, पूरो तो अचेत थी।

पूरो को जब होश आया, वह एक कमरे में चारपाई पर पड़ी थी, चारों ओर दीवारें थीं, सामने एक बंद दरवाज़ा।

सब कुछ याद आ गया, उसने दीवारों से अपना सिर दे दे मारा, फिर दरवाज़े से सिर दे दे मारा।

हार-थक के पूरी चारपाई पर आ पड़ी, वह फिर अचेत हो गई।

जब होश आया, कोई सिर पर गरम घी मल रहा था। पूरो ने एक बार सोचा, शायद उसकी माँ उसके सिरहाने बैठी हुई थी। पूरो को बहुत तेज़ बुखार था।

'माँ!' पूरो के होंठों से निकला।

'मेरी गलती माफ कर और एक बार होश में आ, पूरो!' किसी ने सिरहाने की ओर से कहा।

ज्वर से जलती हुई पूरो ने सिर उठाकर देखा, रशीद उसके सिरहाने बैठा था, पूरो की एक चीख निकली और वह मूर्च्छित हो गई।

उसे लगा, काली खाल वाला एक रीछ उसके बालों पर अपने पंजे फेर रहा है, वह एक गुफा में पड़ी है, और सिकुड़ती जा रही है, रीछ फैलता जा रहा है, रीछ ने अपनी बालों वाली बाँहों में पूरो को लपेट लिया है।

पूरो ने आँखें फाड़-फाड़कर देखा, कोई उसके पैरों के तलवे मल रहा था, फिर किसी ने उसके कंधों को दबाया, फिर किसी ने उसके मुँह में चुल्लू भर-भर पानी डाला।

रीछ की गुफा या रशीद का घर? पूरो के सिर में चक्कर आ रहे थे।

पूरो को अपनी माँ, अपना गाँव सभी कुछ याद था, पर लगता था कि उस गुफा में पड़े-पड़े उसे कई वर्ष हो गए हैं। रशीद की सूरत देखने की उसे आदत हो गई थी। न रशीद ने उससे कभी कुछ कहा, न उसने रशीद को बुलाया। नीम सूरत-सी पूरो के मुँह में रशीद गर्म किया हुआ गुड़ और घी चमचे से डाल देता था। कभी कुछ पूरो के गले के नीचे उतर जाता था, कभी पूरो थूक देती थी।

फिर पूरो ने साहस करके दीवार के साथ पीठ लगाई और चारपाई पर बैठ गई। 'मैं कहाँ हूँ?' पूरो ने पूछा।

'मेरे पास।' रशीद चारपाई के सामने एक स्टूल पर बैठा था। रशीद का चेहरा झुका हुआ था। आज उसकी आँखें फट-फटकर पूरो के चेहरे पर नहीं पड़ रही थीं।

'तू मुझे यहाँ क्यों लाया है?' पूरो को पूछने का साहस हुआ।

'फिर कभी बताऊँगा' रशीद ने इतना ही कहा और उठकर बाहर चला गया। पूरो गुमसुम-सी चारपाई पर पड़ी रही।

इस समय कमरे का दरवाज़ा खुला था, पूरो ने देखा, बाहर एक छोटा-सा दलान है। दालान के साथ ही एक छोटी-सी ड्योढ़ी है और फिर बाहर का दरवाज़ा।

पूरो काँपते-काँपते उठी, चारों ओर दीवारों को देखा। वह डर रही थी, अभी इन दीवारों में से कोई निकल आएगा। उसकी बाँहें पकड़कर चारपाई पर डाल देगा, किंतु दीवारों में से कोई न निकला, पूरो बाहर के दालान में आ गई।

आँगन के एक कोने में चूल्हे में आग बुझी हुई थी। पास ही एक हाँडी और तवा-परात बिखरे पड़े थे। पानी का एक घड़ा भरा हुआ कोने में पड़ा था! पर कोई आदमी कहीं नज़र नहीं आता था।

पूरो काँपते पैरों से ड्योढ़ी में आई, फिर बाहर के दरवाज़े के पास आई, फिर पीछे मुड़कर कोठरी की ओर देखा, फिर दरवाज़े के पास हो गई।

पर मकान का दरवाज़ा पूरो की किस्मत-सा बंद पड़ा था। उसने बंद दरवाज़े के साथ अपना सिर लगा दिया, पर दरवाज़े को न पूरो के झुके हुए सिर पर तरस आया, न मुरझाए हुए चेहरे पर, न भीगी हुई आँखों पर।

पल्ले से मुँह पोंछकर पूरो दरवाज़े से लौट आई। घड़े में से पानी का एक चुल्लू भरकर पूरो ने अपनी आँखों पर डाला। फिर पूरो के मन में आया कि वह दरवाज़ा पीटकर देखे, शायद कोई अड़ोसी-पड़ोसी या रास्ता चलता उसकी आवाज़ सुन ले।

पूरो ने आँगन की कच्ची ऊँची दीवारों की ओर देखा, फिर एक बार साहस जुटाकर दरवाज़े को ज़ोर से पीटने लगी। पूरो ने दरवाज़ों की दरजों के बीच से देखा, बाहर खुला मैदान था, कोई मकान, कोठरी दिखाई नहीं देती थी। वह सोच-सोचकर थक गई, न जाने वह किस जंगल में थी।

वह दरवाज़े के पास ही खड़ी थी कि बाहर से दरवाज़ा खुला। रशीद ने भीतर आकर दरवाज़ा बंद कर लिया और ताला लगा दिया। पूरो वहीं कि वहीं बैठ गई।

'पूरो! क्यों व्यर्थ में हवा से टक्करें मारती है! भीतर चल, कुछ अपने मुँह में डाल, तूने दो दिन से कुछ नहीं खाया है।' रशीद ने खड़े-खड़े कहा। न उसने पूरो का हाथ पकड़कर उसे उठाया, न उसकी ओर आँखें फाड़-फाड़कर देखा।

'मुझ पर रहम कर रशीद। मुझे घर छोड़ आ।' पूरो उसके पैरों पर गिर पड़ी।

इस बार रशीद ने पूरो को अपनी जवान बाँहों में उठा लिया और गठड़ी-सी पूरो को कसकर अपनी छाती से लगा लिया।

'मेरे दिल की आग कौन बुझाएगा?' रशीद ने हाथ-पाँव मारती हुई पूरो को अपनी बाँहों में कसे रखा।

वह दिन भी बीत गया, रात भी बीत गई। रशीद ने उससे फिर कुछ नहीं कहा। दरवाज़ा उसी तरह बंद था, रशीद पहरे पर था।

रशीद उस घर से बाहर भी जाता। घंटा दो घंटे लगा आता, पूरो कैद रहती। फिर तारों की छाँह में पूरो का हाथ पकड़कर रशीद उसे घर से बाहर ले जाने लगा। पूरो ने देखा, उस घर के सिवाए उस लंबे-चौड़े मैदान में और कोई घर नहीं था। रशीद के इस मकान के पास बहुत दूर तक फैला हुआ एक बाग था, शायद यह घर बाग के मालियों का हो। बाग में माली अवश्य होंगे, पर पूरो ने उन्हें कभी देखा न था, न उनकी आवाज़ सुनी थी। न तो पूरो के दिन ही बीतते थे, न उसकी रातें ही काटे कटती थीं। पूरो को केवल यही संतोष था कि रशीद ने उसे कोई बुरी-भली बात नहीं कही थी। पूरो की मर्यादा अभी तक बची हुई थी। यह और बात थी कि रशीद पर न पूरो की मिन्नत का असर होता था, न पूरो की गालियों का।

पूरो के अपने अनुमान के अनुसार उसे कैद हुए पूरे पंद्रह दिन हो गए थे।

एक दिन रशीद ने लाल रेशम का एक जोड़ा पूरो के सामने लाकर रखा। इससे पहले भी रशीद ने पूरो को बदलने के लिए दो जोड़े सूती कपड़ों के लाकर दिए थे। पर इस बार रशीद ने लाल रेशम का जोड़ा पूरो के आगे रखते हुए कहा, 'कल सवेरे नहा-धोकर तैयार हो जाना, मौलवी आकर हमारा निकाह पढ़ा देगा।'

पूरो का दिल धक् से रह गया, जो अब तक नहीं हुआ, क्या अब होकर ही रहेगा!

उस दिन पूरो फिर रशीद के पैरों पर गिर पड़ी।

'पूरो! होना-हवाना कुछ नहीं। व्यर्थ मेरे सिर पर गुनाहों का बोझ न लाद। कसम है अल्लाह पाक की, मुझसे तेरा यह रोना नहीं देखा जाता।' रशीद ने दूसरी ओर देखते हुए कहा।

पूरो की समझ में न आता था कि रशीद यदि ऐसा मेहरबान ही था, तो उसने उसके सिर पर मुसीबत का यह पहाड़ क्यों डाल दिया?

'तुझे अपने अल्लाह की कसम है, रशीद! सच-सच बता, तूने मेरे साथ ऐसा क्यों किया है?'

'पूरो, तेरा मेरा संबंध कोई पिछला लेना-देना ही है। अब तुझे इन बातों से क्या मिलेगा? जो हो गया, सो हो गया। मैं तुझे सारी उम्र तकलीफ़ न होने दूँगा।'

पूरो हैरान थी, परेशान थी, यह कैसा आदमी है!

'पूरो, हमारे शेखों के घराने में और तुम्हारे शाहों के घराने में दादा, परदादा के समय से बैर चला आ रहा है। तेरे दादा ने पाँच सौ रुपए में गिरवी रखे हुए मकान पर ब्याज दर ब्याज लगाया था और कुर्की कराकर शेखों के घराने को घर से बेघर किया था। केवल इतना ही नहीं, उनके मुंशियों कारिंदों ने हमारे घर की औरतों को बोल-कुबोल कहे और मेरे दादा की बड़ी लड़की को तेरे दादा के बड़े लड़के ने ज़बरदस्ती तीन रात घर में रखा। मेरे दादा के देखते-देखते यह सब हुआ। पर उस समय शेखों का घराना पेरे हुए गन्ने की भाँति था। सब ख़ून के आँसू पीकर रह गए। पर मेरे दादा ने मेरे चाचा-ताउओं को और मेरे पिता को कुरान उठवाकर कसमें दिलवाई थीं कि वे इसका बदला लेकर ही रहेंगे। उसकी अगली पीढ़ी के समय बात "सो" गई। अब जब तेरा काज इसी गाँव में रचा जाने लगा, मेरे चाचा-ताउओं के लहू में पुराना बदला खौलने लगा। उन्होंने मुझे क़समें दिलाईं, मेरे लहू को ललकारा और मुझसे कौल कराए कि मैं शाहों की लड़की को ब्याह से पहले किसी भी दिन उठा ले जाऊँ।' रशीद चुप हो गया।

पूरो धैर्य से अपनी किस्मत की कहानी सुनती रही।

‘पूरो! पहले ही दिन जब मैंने तुझे देखा, ख़ुदा गवाह है, मुझे तुझसे इश्क हो गया। एक तो मेरी मोहब्बत का ज़ोर, दूसरे मेरी पीठ पर सारा शेख घराना। मैं तुझे ले आया हूँ, पर मुझसे कसम ले ले, मुझसे तेरा दुःख नहीं देखा जाता।’ रशीद ने कहा।

पूरो ने दोनों हाथों में अपना सिर थाम लिया।

‘तेरी बुआ को मेरे ताऊ ने उठा लिया, पर रशीद, इसमें मेरा क्या दोष? हाय! मैं कहीं की न रही!’ पूरो का मुँह आँसुओं से भीग गया।’

‘यही तो मैं कहता था, पर मेरे चाचा मुझ पर फटकार बरसाते थे।’

‘तो रशीद, उनके उकसाने से तूने मुझे मार डाला?’ पूरो ने रोते-रोते कहा।

‘पूरो, मैं सारी उम्र तेरे आगे दुनिया की नेमतें ला-लाकर रखूँगा’ रशीद ने भरे हुए गले से कहा, ‘मैं तेरे ताऊ की तरह नहीं करूँगा कि तीन रातों के बाद बेचारी औरत को धक्का दे दूँ।’

‘रशीद, एक बार मुझे मेरी माँ से मिला दे!’ पूरो को कहने के लिए यह मिला।

‘ओ नेक-बख़्त! अब उस घर में तेरे लिए कोई जगह नहीं। उनकी बिरादरी का कौन हिंदू फिर शाहों के घर का पानी पिएगा? तू मेरे घर में पूरे पंद्रह दिन रह चुकी है।’

‘पर मैंने तो केवल तेरे घर का अन्न-पानी मुँह लगाया है, मैं . . . ’ पूरो आगे कुछ न कह सकी, पर जो कुछ पूरो कहना चाहती थी, उसे रशीद समझ गया।

‘इस बात को कौन मानेगा पूरो? यह तो मेरी शराफत है कि पहले मैं तेरे साथ निकाह पढ़वाऊँगा’ रशीद ने नरम आँखों से पूरो की ओर देखा।

पूरो की आँखों के सामने उसका मँगेतर आ गया। अभी पूरो के तेल चढ़ना था, पूरो ने 'माइएँ पड़ना' था, पूरो के हल्दी का उबटन मला जाना था, पूरो को सच्चे हाथी दाँत का लाल चूड़ा चढ़ना था, पूरो को कौड़ियों वाले कलीरे छनकाने थे, पूरो को रेशमी जोड़े पहनने थे, पूरो के रूप चढ़ना था, पूरो को डोली में बैठना था, पूरो . . . पूरो . . . पूरो

पूरो निर्दोष थी, वह कैसे समझ लेती कि उसकी माँ का दिल पत्थर हो जाएगा, उसके पिता का दिल लोहे का बन जाएगा, वे अपनी बेटी को घर से निकाल देंगे, उनके घर की दीवारें उसे अंदर लेने से इनकार कर देंगी!

'मैं जब लौटकर घर नहीं पहुँची, तो उस समय मेरे माता-पिता का क्या हाल हुआ होगा? मेरी बहन!' पूरो को वह समय याद आ गया, जब होनी उसके सिर पर टूट पड़ी थी।

'वे रोते-कलपते रहे, पर उसी तरह, जैसे मेरा दादा, मेरा पिता, मेरे चाचा मेरी बुआ के चले जाने पर रोए थे। पुलिस भी बहुत खोज-ख़बर लगाकर हार गई, पर उन्हें भी कोई अता-पता नहीं लग सका। उन्हें पता लग भी कैसे सकता! पुलिस ने पूरा पाँच सौ रुपया खाया।' रशीद अपनी हँसी न रोक सका। 'तू तो जानती है कि इस समय हमारा पलड़ा भारी है! सारा गाँव मुसलमानों का है। कोई हिंदू का बच्चा आँख उठाकर हमारी ओर देख नहीं सकता। यही गनीमत है कि उनकी जान-माल सलामत हैं। उन्हें अपनी जान प्यारी है, वे कुछ बोल नहीं सकते। अगर वे हमारे घर की ओर उँगली भी उठाते, तो हमारे आदमी उन्हें नहर भी पार करने न देते।' रशीद ने कुछ हँसकर कहा। शायद उसके दिल में पुराने बदले की आग धधक उठी थी।

'क्या मेरे माता-पिता सियाम चले गए हैं?' पूरो ने तड़प कर पूछा।

'नहीं, अभी नहीं।' रशीद ने उत्तर दिया।

'मैं कहाँ रह रही हूँ? अपने गाँव से कितनी दूर?' पूरो ने पूछा।

'तू अपने गाँव के पिछली ओर माघोकियाँ के कुएँ के पार मेरे अपने बाग में है। पर शायद तू अपने गाँव जाने का सपना देख रही है। अभी नहीं। ज़रा बात ठंडी हो ले, छह महीने बीत जाएँ, वहाँ भी ले चलूँगा।' रशीद मुस्कराने लगा।

पूरो चुप हो गई। रशीद ने चावल के पुलाव की एक तश्तरी भरकर पूरो के आगे रखी। रशीद जब बाहर जाता था, तब शायद किसी के हाथ अपने गाँव से पकवान मँगवा लेता था। पूरो को कुछ पता न था।

उस दिन पूरो के मन में कुछ उधेड़बुन लगी रही। उसे डर था, कहीं उसका साहस जवाब न दे जाए, इसलिए पूरो ने चावल के दो चार कौर अपने भीतर डाल लिए। पानी भी घूँट-घूँट करके एक कटोरा पी लिया।

उस मत पूरो ने सारा साहस इकट्ठा करके अपने मन को पक्का किया। रशीद के सिरहाने दरवाज़े की चाबी रखी हुई थी। पूरो ने चुपके से उसे उठा लिया, दरवाज़ा खोला। उसका दिल धक्-धक् कर रहा था कि रशीद अब जागा, तब जागा, पर रशीद की आँख न खुली।

बाहर रात के सन्नाटे को देखकर पूरो काँप उठी। एक बार उसका जी किया कि वह लौटकर रशीद के पास चली जाए। न जाने रात के अँधेरे में वह छत्तोआनी का रास्ता पा सकेगी या नहीं। कहीं रात के अँधेरे में रशीद से भी गए-बीते किसी आदमी के हाथ पड़ जाए, तो जाने उसकी क्या दशा हो? पर पूरो को अपनी माँ का चेहरा याद आ गया, पूरो को अपने पिता का चेहरा याद आ गया, बहन-भाई याद आ गए। पूरो ने एक पगडंडी पकड़ ली, शायद यही माघोकियाँ के कुएँ का रास्ता हो। डरती-काँपती वह चलती रही।

रात का गहरा अँधेरा फट चला था। माघोकियाँ के कुएँ का रास्ता ठीक निकला। पूरो ने झुटपुटे अँधेरे में ही छत्तोआनी गाँव का पिछवाड़ा पहचान लिया।

अब पूरो न इधर में थी, न उधर में। उसने अपनी बची हुई ताकत को अपने पैरों में डाला और दौड़ने लगी।

पूरो ने छत्तोआनी गाँव को पहचाना, अपने घर की ओर मुड़ती हुई गली को पहचाना, अँधेरे में अपने घर की दीवारों को पहचाना दरवाज़ा खटखटाया और जैसे ही किसी ने भीतर से दरवाज़ा खोला, पूरो ड्योढ़ी में फ़र्श पर गिर पड़ी। वह अपनी शक्ति का अंतिम अंश भी खर्च चुकी थी। अब वह दौड़-दौड़कर हाँफ-हाँफकर धाई को छू चुकी थी। अब पूरो की पूरी शक्ति निःशेष हो चुकी थी।

पूरो की आँखों में अँधेरा छा रहा था। उसने देखा, उसकी माँ, उसका पिता हाथ में दीया लेकर उसके पास खड़े हुए हैं। वह एक घायल पक्षी की तरह ड्योढ़ी के कच्चे फ़र्श पर पड़ी सिसकने लगी। उसने देखा, माँ की आँखों से पानी की धाराएँ बह रही हैं। माँ ने पूरो को उठाकर अपनी बाँहों में ले लिया। पूरो ने माँ की छाती से अपने सिर को ऐसे लगा लिया, जैसे उसके टूटे हुए संबंध फिर से जुड़ जाएँगे। पूरो की माँ की चीखें निकल गईं।

'लोग इकट्ठे हो जाएँगे!' पूरो के पिता ने अपनी स्त्री का कंधा हिलाकर कहा। पूरो की माँ ने अपने पल्लू के कोने को इकट्ठा करके मुँह में ठूँस लिया।

'बेटी, तेरी किस्मत! अब हमारे बस का कुछ नहीं!' पूरो को अपने पिता का स्वर सुनाई दिया। वह अपनी माँ से चिपटी रही।

'अभी शेखों के यहाँ से लोग आ जाएँगे और हमारे बच्चे-बच्चे को पेल डालेंगे।'

'मुझे लेकर सियाम चले चलो!' पूरो ने माँ की छाती से चेहरा हटाकर बड़े आग्रह से कहा।

'हम तुझे कहाँ रखेंगे? तुझे कौन ब्याहकर ले जाएगा? तेरा धर्म गया, तेरा जन्म गया। हम जो इस समय कुछ भी बोले तो हमारे लहू की एक बूँद भी नहीं बचेगी।'

'हाय, मुझे अपने हाथ से ही मार डालो!' पूरो ने तड़पकर कहा।

'बेटी, जनमते ही मर गई होती! अब यहाँ से चली जा। शेख आते ही होंगे। तेरे पिता, तेरे भाई का कहीं पता भी नहीं मिलेगा। वे सबको मार डालेंगे।' माँ ने न जाने कैसे अपने दिल पर पत्थर रखकर यह बात कही।

पूरो को ध्यान आया, रशीद ने कहा था, 'नेक-बख़्त, अब उस घर में तेरे लिए कोई जगह नहीं।' क्या रशीद ने सच ही कहा था?

पूरो को एक बार मँगेतर रामचंद का ध्यान आया। क्या सगाई और क्या ब्याह? क्या पूरो उसकी कुछ न लगती थी? उसने पूरो की बात भी न पूछी?

फिर पूरो का जीने का मन न किया। उसने सोचा और सब रास्ते तो बंद हैं, शायद मौत का रास्ता खुला हो। वह उठकर बाहर की ओर चल दी।

न माँ ने रोका, न पिता ने। पूरो चलती गई। आते समय पूरो ज़िंदगी से भेंट करने आ रही थी, उसके हृदय में लालसा थी, जीने की, माता-पिता से मिलने की। बहुत डरती-काँपती आई थी। लौटते समय वह मौत से भेंट करने चली थी। अब उसके मन में कोई डर नहीं था, कोई भय नहीं था। मौत से बढ़कर कोई उसका क्या कर सकता था।

पूरो निशंक माधोकियाँ के कुएँ की ओर जा रही थी। सुबह सब पगडंडियों पर बिखरी हुई थी।

सामने से रशीद डग भरता चला आ रहा था। पूरो के पाँव वहीं जम गए। मौत ने भी पूरो के लिए अपना दरवाज़ा बंद कर लिया था। पूरो को लगा कि इन पंद्रह दिनों ने उसके शरीर पर से सारा मांस उतार लिया है, अब वह निरा पिंजर है। उसकी न कोई आकृति है, न सूरत, न कोई मन, न मर्ज़ी। रशीद ने आकर पूरो की बाँह पकड़ ली। वह उसके साथ चल दी।

तीसरे दिन एक मौलवी आया, दो-तीन आदमी और आए। उन्होंने रशीद के साथ पूरो का निकाह पढ़वा दिया, फिर अपने आप ही रशीद ने पूरो को बताया कि उसके माता-पिता सही सलामत सियाम चले गए।

छत्तोआनी का नाम लेते हुए भी पूरो को चक्कर आने लगता। रशीद इस बात को समझता था। पूरो को छत्तोआनी ले जाना भी ख़तरे से ख़ाली नहीं था। शायद रशीद सोचता था कि कहीं वहाँ के या आस-पास के गाँवों के हिंदू भड़क न जाएँ, यद्यपि अब पूरा महीना होने वाला था और किसी का साहस न पड़ा था कि एक शब्द भी बोल सके और फिर दूसरे की आग में कौन पड़ता है! यह तो पीढ़ियों के बैर थे, किसी ने अपने मन में दबा लिए, किसी ने निकाल लिए।

रशीद की माँ या कोई बहन उस समय जीवित न थी। भाई थे, चाचा थे। रशीद ने पूरो से कहा कि वह उसे वहाँ से कोसों दूर अपने एक गाँव सक्कड़आली ले जाएगा, जहाँ दादा-पोतों के रिश्ते के एक भाई रहीम की ज़मीन थी। शायद उसकी कुछ ज़मीन को भी अपनी इधर की ज़मीन से बदल ले।

अब पूरो होनी के हर धक्के के लिए तैयार थी। जब सगे माता-पिता ने ही धक्का दे दिया, तो अब गाँवों में ही क्या पड़ा था? यहाँ न सही, वहाँ सही।

रशीद स्वयं ही घर के बड़े की भाँति दो-तीन ट्रंक लाया, फिर कुछ और सामान लाया, और फिर पूरो को साथ लेकर सक्कड़आनी चल दिया। रास्ते में जैसे कोई आँखें मींचकर चलता हो, ठीक उसी तरह रशीद के साथ-साथ चलकर पूरो नए गाँव में आ गई। नए गाँव में आते ही उन्हें एक अलग मकान मिल गया। शायद रशीद ने पहले ही रहीम से कह सुनकर यह व्यवस्था कर ली थी। रहीम का घर उनके घर से बहुत दूर था, फिर भी रहीम के घर की स्त्रियाँ उससे मिलने आईं। यह पहली बार था, जब पूरो को रशीद के संबंधियों की स्त्रियों से मिलने का अवसर पड़ा।

पूरो एक खोई हुई बछिया की तरह उनके पास बैठी रही। उन्होंने पूरो से बहुत पूछताछ न की। छोटी-मोटी घर की आवश्यकताओं के संबंध में ही पूछती रहीं।

रशीद पूरो को पूरी ही कहकर बुलाता। निकाह के समय पूरो का नाम हमीदा रखा गया था, वह अभी तक उसकी ज़बान पर नहीं चढ़ा था।

एक दिन अचानक ही रशीद एक आदमी को घर ले आया। वह बाँहों पर स्त्री-पुरुष के नाम गोदता था। उस दिन फिर पूरो का दिल टीस उठा, पर जैसे ही रशीद ने कहा, उसने बाँह आगे कर दी और उसकी बाईं बाँह पर 'हमीदा' गहरे हरे रंग के अक्षरों में गोदा गया। रशीद भी उस दिन से उसे हमीदा पुकारने लगा। शायद यह सलाह रहीम के घरवालों ने दी थी।

पूरो अब हमीदा बन गई। किंतु अभी तक जब रात को वह सो जाती थी, उसके सपनों में उसकी सहेलियाँ मिलती थीं, सपनों में वह अपने माता-पिता के घर खेलती-कूदती सब उसे पूरो ही पुकारते थे। दिन की रोशनी में पूरो हमीदा बन जाती थी, रात के अंधकार में वह पूरो रहती, किंतु पूरो सोचती थी वह वास्तव में न हमीदा थी, न पूरो, वह केवल एक पिंजर थी, केवल पिंजर, जिसका कोई रूप न था, कोई नाम न था।

पाँच-छह महीने बीते होंगे कि पूरो के पिंजर में एक नन्ही-सी जान पनपने लगी।

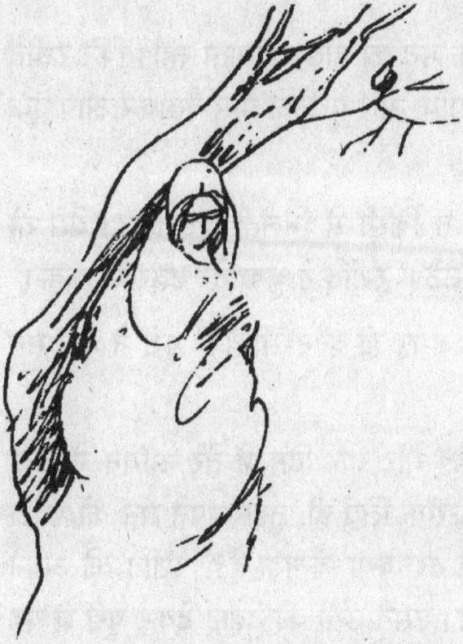

बैसाखी का मेला

मटमैला दिन था। बीते हुए दिन एक-एक कर पूरो की आँखों के आगे से गुज़र गए। बोरी के एक टुकड़े को अपने पैरों के नीचे लेकर पूरो पत्थर का बुत बनी हुई, उन्हें देखती रही . . .

बाहर का दरवाज़ा खोलकर रशीद भीतर आँगन में आकर खड़ा हो गया। पूरो को जैसे खड़का सुनाई ही नहीं दिया, पूरो को जैसे कोई आता दिखाई ही नहीं दिया। वह बैठी की बैठी रही। रशीद को शायद सचमुच ही पूरो से प्रेम था, वह चुपके से आकर पूरो के पास बैठ गया . . .

'क्या सोच रही है?' रशीद ने अपनी एक बाँह पूरो के बदन से सटा दी। पूरो आज बेहद उदास थी, वह न हिल सकी, न बोल सकी।

रशीद उसे दुलारता रहा, फिर बहुत देर बाद पूरो ने कहा, 'आज मुझे ऐसा लगता है, जैसे कोई मेरे भीतर मेरी अंतड़ियों को नोच रहा हो।'

रशीद हँसता रहा और पूरो के मन को ढाँढ़स बँधाता रहा। फिर रशीद ने चूल्हे में बुझी हुई आग को सुलगाया और पूरो को पास बैठाकर आप एक पतीले में बटेर भूनने लगा।

'न तू कहीं आती-जाती है, न किसी से मिलती-जुलती है। ऐसे तो अच्छे-भले आदमी का जी घबरा उठे।' रशीद ने कुछ देर ठहरकर कहा।

'कहाँ जाऊँ? मेरे लिए और जगह ही कौन-सी है?' पूरो ने बुझे मन से कहा।

'अब तू घर की मालकिन है; और चार दिन में तेरे आँगन में कोई खेलने लगेगा। मेरे लिए न सही, उसके लिए ही, तुझे अपने मन को छोटा नहीं करना चाहिए। उस बिचारे ने तेरा क्या बिगाड़ा है?' रशीद को अपने होने वाले बच्चे का ध्यान आ गया। उसने उसी की दुहाई देकर पूरो से यह आग्रह किया।

पूरो को फिर मटर की फली में से निकले कीड़े का ध्यान आ गया, जिसे देखकर जी मिचला उठे, जिसके पास वाले मटर के दानों को भी फेंक दिया जाए।

'ला, बटेरों के मसाले में थोड़े-से मटर डालने हैं।' रशीद ने पूरो के आगे बिखरे हुए मटर के दानों की ओर देखकर कहा।

'मटर तो सब पकी हुई हैं। अब मटरों की कौन-सी बहार है, अब तो बैसाख चढ़ने वाला है।' पूरो जानती थी, आज वह मटर नहीं खा सकेगी।

'हाँ, सच! कल तो बैसाखी का बड़ा भारी मेला लगेगा।' रशीद ने सहज भाव से कहा।

'बैसाखी . . . ! बैसाखी . . . !' पूरो के कानों में गूँजने लगा। वह परात में दो-तीन मुट्ठी आटा डालकर गूँधने लगी, जिससे उसका ध्यान बँट जाए।

'आज तो मेरा जी कर रहा है कि गुड़ डालकर सेवइयाँ बनाई जाएँ।' रशीद ने कहा। पूरो चुपके से भीतर से सेवइयाँ और गुड़ ले आई।

उसी समय पूरो को एक बहुत पुरानी याद आ गई। एक दिन पूरो की माँ बैठकर सूजी की सेवइयाँ तोड़ रही थी कि पूरो ने कहा, 'माँ, री माँ! मेरा तो जी तो मशीन की तोड़ी हुई सेवइयाँ खाने को करता है।'

इस पर माँ ने तुरंत कहा था, 'हट, वह तो मुसलमान खाते हैं।'

यह बात याद आते ही पहले तो पूरो की आँखों में आँसू भर आए, फिर वह हँस पड़ी . . .

रशीद ने हँसी का कारण पूछा, पूरो ने वह बात सुना दी। सुनाते-सुनाते वह फिर रो पड़ी। रशीद लज्जित-सा बैठा हँसता रहा।

दूसरे दिन सवेरे जब पूरो सोकर उठी, गाँव में बैसाखी के ढोल बज रहे थे। पहले तो पूरो घर के काम-काज में लगी रही, फिर वह छत पर चढ़कर दूर गाँव में लगा हुआ बैसाखी का मेला देखने लगी . . .

दूर खड़ी पूरो को लोगों का एक विशाल समूह दीख रहा था। लंबे-तगड़े जाट कमर में कोरे तहमद बाँधे हुए हाथों में तेल से चमकाई हुई लाठियाँ लिए मन में उत्साह और उल्लास भरे इधर से उधर आ-जा रहे थे। बहुत-से घोड़ियों पर थे, पीछे अपनी स्त्रियों को बैठाए आगे एक-दो बाल-बच्चों को भी लिए। बहुत-से थे जो बच्चों की उँगली पकड़े स्त्रियों को अपने पीछे लिए घूम रहे थे। कई बलिष्ठ अपने यौवन और बल के मद में चूर छाती निकाले चल रहे थे। कुछ गाते जाते थे, कुछ बातें करते जाते थे। दूर पूरे मैदान में कुश्तियाँ हो रही होंगी, जलेबियों के थाल लगे हुए होंगे, गर्म पकौड़ियों की महक दूर तक हवा में फैली हुई होगी। गुड़ के शक्करपारे, मैदे की मठरियाँ और मिठाइयों के ढेर के ढेर लोहे के चौड़े थालों में सजे हुए होंगे . . .

पूरो के मन में एक विचार आया, उसकी माँ ने तीन लड़कियों के बाद इस बार पुत्र को जन्म दिया था, और यह उसकी पहली बैसाखी थी . . .

पूरो खड़ी थी, छत पर बैठ गई। कौन जाने इस समय उसकी माँ ने उसके छोटे भाई को पानी चखाया होगा, पास बहती हुई किसी नदी का पानी लेकर, गुलाब के फूल को उस पानी में भिगोकर, उसके भाई के नन्हे गुलाबी होंठों से लगाया होगा, फिर उसकी माँ को बधाइयाँ मिली होंगी, और कौन जाने . . . इस समय उसकी माँ को अपनी पेट की जायी पूरो की याद आ गई होगी . . . !

पूरो की आँखों में आँसू भी आ आकर थक चुके थे। वह दोनों हाथों में सिर को पकड़े बैठी रही . . .

युवा जाट लड़कों की एक टोली कानों में फूल अड़ाए हँसती-गाती परे से गुज़र रही थी, उनमें से कोई बोली गा रहा था–

खूह ते बैठी दातन करदी, चिट्टेयाँ दंदा दी मारी।
नीं आपे तैनूं लै जाणगे, जिन्हा नूं लगें पियारी।

'काश! कोई प्यारी लगने वालियों के हाल तो देखे।' पूरो के मुँह से धीरे से निकल गया। फिर पूरो के मन में आया, वह रशीद को ही प्यारी लगी, रशीद उसे ले आया, वह अपने मँगेतर रामचंद को क्यों प्यारी न लगी? उसने तो उसकी बात भी नहीं पूछी। वह तो रामचंद को प्यारी लगना चाहती थी, रशीद को न तो उसने स्वयं ढूँढ़ा था, न उसके माता-पिता ने . . .

जाट हँसते जा रहे थे, भँगड़ा नाचते जा रहे थे, बोलियाँ गाते जा रहे थे–

तेरे लौंग दा वज्जा लिशकरा, हालियाँ नूं हल भुल्ल गए . . .
तेरा भिज्जया परी दा लहँगा, पच्छौं दियां पैण कणियाँ . . .
सानूं कंड ना देई मटियारे, नी राहे राहे जाण वालीए . . .

पूरो सोचती रही, सब गीत सुंदर लड़कियों के ही गुण गाते हैं, सारे भजन सच्चे प्रेम का वर्णन करते हैं। क्या कभी ऐसे गीत भी बनेंगे, जिनमें

मुझ जैसी लड़कियों के विलाप की गाथा भी लिखी जाएगी? क्या कभी ऐसे भजन भी होंगे, जिनका कोई भगवान ही न होगा?

बढ़ती जवानी वाली कुछ नवयुवतियाँ अपने यौवन की उच्छृंखलता में अपनी एक अलग टोली बनाकर मेले में चली जा रही थीं। दूर जा रहे जाट लड़के अपनी टोलियों में से मुड़-मुड़कर उनकी ओर ताक-झाँक रहे थे और हँस रहे थे। शायद उनसे हँसी-मज़ाक कर रहे हों। पूरो सोचने लगी, यदि सब जवान लड़कियों को ये लड़के अपना-अपनी घोड़ियों पर उठाकर भाग जाएँ, फिर क्या हो? यदि ये इन लड़कियों को उठाकर ले जाएँ . . .

पूरो का बच्चा

भरी गर्मी आ गई थी, छिपटियाँ डालकर जलाए गए तंदूर की भाँति धरती जल रही थी।

पूरो कभी बैठती, कभी उठती, कभी लेट रहती थी। आज उसका जी ठीक नहीं था। पल-पल पर वह पानी पी रही थी। उसकी पड़ोसिन ने उससे कहा था, 'जैसे भी हो आज नहा ले और अपना सिर भी धो ले, फिर क्या पता रात को या सवेरे ही तेरे घर कुछ हो जाए, फिर तू कितने ही दिन उठ नहीं पाएगी।'

रशीद ने देखा, पूरो का रंग बदन में उठती पीड़ा से पूनी जैसा सफ़ेद होता जा रहा था। रशीद को वह समय याद आ गया, जब वह छत्तोआनी

की कच्ची सड़क से पूरो को अपने आगे घोड़ी पर बैठाकर भगा लाया था। उस समय भी पूरो का रंग सफ़ेद फिटकरी जैसा हो गया था। उस समय पूरो की आत्मा में से टीसें उठ रही थीं, आज उसके रक्त-मांस में से . . .

रशीद ने रहीम के घर अपने खेतों पर काम करनेवाला एक आदमी भेजा। पूरो को अकेले छोड़कर जाने का उसे साहस न होता था। जब रहीम की माँ पहुँची, उस समय बढ़ती हुई पीड़ा पूरो के माथे पर बल खा रही थी। आते समय रहीम की माँ अपनी गली वाली उस रेशमाँ दाई को भी लेती आई थी, जिसने रहीम को दोनों स्त्रियों से दो-दो लड़के-लड़कियाँ पैदा होने के समय मदद दी थी।

दाई ने आते ही एक पुरानी दरी फ़र्श पर डालकर उस पर पूरो को लिटा दिया। वह चारपाई की नरमाई को छोड़कर कड़ी ज़मीन पर लेटी कराहने लगी . . .

रशीद बाहर देहली के पास खड़ा था। बंद किए हुए भीतरी किवाड़ के अंदर से पूरो की दाँतों में भिची हुई लंबी-लंबी चीख रशीद को सुनाई देती रहीं। उसका मन कर रहा था, पूरो के बदन में से बहुत नहीं तो कम-से-कम आधी पीड़ा निकाल कर अपने में डाल ले। पूरो अकेली ही पड़ी कराह रही थी . . .

दाई गोटे वाले नए पँखे से पूरो को धीरे-धीरे हवा करती रही। कितनी ही बार रहीम की माँ ने घूँट-घूँट पूरो के मुँह में पानी डाला।

बाहर खड़े हुए रशीद ने तीन ज़ोर की चीख के बाद बच्चे के टिटियाने की आवाज़ सुनी। उसके बाद पूरो की आवाज़ नहीं आई। रशीद ने चैन की साँस ली। उसका जी कर रहा था कि वह भीतर चला जाए। दाई तो शायद बच्चे की देखभाल में लगी होगी, वह जाकर पूरो को संभाले। पूरो अभी तक उसके हाथों रोती ही रही थी। अभी तक उसके कारण कराहती ही रही थी, पर भीतर उसकी चाची बैठी हुई थी, भीतर दाई बैठी हुई थी। जब तक वह उसे भीतर न बुलावें, भीतर जाना ठीक नही था . . .

पूरो की फिर आवाज़ नहीं आई। रशीद के दिल में घबराहट हुई– ‘पूरो ज़िंदा तो है? उसकी आवाज़ इतनी-सी भी क्यों नहीं आती?’

इसी तरह आधा घंटा बीत गया। दाई ने बाहर आकर रशीद से कहा, ‘बेटा बधाई हो, लड़का हुआ है।’

‘उसका क्या हाल है?’ रशीद ने पूछा।

‘ठीक-ठाक है बेटा, ऐसे ही कुनबे बढ़ते हैं, लड़के छत से तो गिर नहीं पड़ते।’

दाई ने मुस्करा कर कहा, उस हौसले के साथ, जिससे उसने सैकड़ों स्त्रियों की पीड़ा को अपने हाथों पर झेला था।

जब रशीद अंदर गया तो पूरो लेटी हुई थी। उसकी आँखें निढाल थीं। पास ही सफ़ेद कपड़े में लपेटा हुआ उसका और रशीद का पुत्र पड़ा अँगूठा चूस रहा था।

रशीद का मन गर्व से भर उठा। उसने पूरो पर विजय प्राप्त कर ली थी, इस जुए में उसने सारी की सारी पूरो को जीत लिया था। पूरो अब केवल उसकी भगाई हुई रखैल नहीं थी, वह अब केवल घर में डाली हुई स्त्री नहीं थी, अब वह उसके पुत्र की माँ थी . . .

रहीम की माँ के कहे अनुसार रशीद ने एक रुपया और गुड़ की भेली अपने पुत्र के ऊपर से वारी। पूरो की उनींदी आँखें खुलीं, उसने रशीद को देखा।

‘अब तू मुझसे क्या कहता है? मैंने तुझे अपना आप दिया, मैंने तुझे एक पुत्र दिया है, अब मेरे पास बाक़ी क्या रह गया है?’ पूरो ने जैसे ख़ामोश ज़बान से रशीद से कहा, फिर आँखें मींच लीं।

गर्म गुड़ और पिसे हुए बादाम कुछ चम्मच लेकर जब पूरो के शरीर में कुछ जान आई, तो उसने देखा कि उसके बच्चे का नरम-नरम चेहरा उसकी

बाँह से लग रहा है। पूरो के शरीर में एक कँपकँपी-सी आ गई। लगा कि एक नरम सफ़ेद कीड़ा उसके शरीर पर चढ़ रहा है। पूरो को नफ़रत-सी हुई। मन किया अपनी बाँहों से लगे हुए कीड़े को वह तोड़ डाले, अपने पास से उसे दूर फेंक दे, ऐसे जैसे कोई चुभे हुए काँटा को नाखूनों में लेकर निकाल देता है, जैसे कोई धँसे हुए गोखरू को उखाड़कर फेंक देता है, जैसे कोई चिमटी हुई किलनी को नोचकर अलग कर देता है, जैसे कोई चिमटी हुई जोंक को तोड़ फेंकता है . . .

रहीम की माँ को इनके घर पूरे तेरह दिन रहना था, अभी पूरो के लड़का हुए केवल चार दिन हुए थे।

पाँचवें दिन पूरो के दूध उतरा। अब तक दाई रुई की बत्तियाँ बनाकर लड़के के मुँह में दूध देती रही थी। आज उसने लड़के को पूरो के स्तन से लगा दिया।

लड़का पूरो की गोदी में पड़ा रहा, उसके शरीर से चिपटा रहा, पूरो ने अपनी अंतड़ियों में एक खिंचन-सी अनुभव की। मन किया कि वह लड़के को गले लगाकर फूट-फूटकर रोए। लड़का उसके अपने रक्त का बना हुआ खिलौना था, उसके ही मांस का बना हुआ पुतला। इस भरे-पूरे संसार में यह एक लड़का ही उसका अपना था। वह अब कभी भी अपनी माँ का मुँह न देख सकेगी, वह अब कभी भी अपने पिता का मुँह न देख सकेगी, वह अपने भाई-बहनों को भी न देख सकेगी . . . वह . . . वह केवल अपने लड़के का मुँह देखा करेगी, जिसके रक्त में उसके अपने माता-पिता का रक्त भी मिला हुआ था। उसके माता-पिता उसे तो उखाड़कर अलग फेंक गए पर अपने रक्त को कैसे अलग कर सकेंगे, जो पूरो के अंग-अंग में रचा हुआ था, जो पूरो के घर पैदा हुए बच्चे के रक्त में मिला हुआ था!

बच्चा पूरो का दूध पीता रहा। फिर पूरो को लगा, यह लड़का ज़बरदस्ती उसकी नसों में से दूध खींच रहा है, ज़बरदस्ती . . . ज़बरदस्ती . . . इसके बाप ने भी तो उसके साथ ज़बरदस्ती की थी, लड़का भी तो अपने बाप का

ही बेटा था, अपने बाप का रक्त था, अपने बाप का मांस था, ज़बरदस्ती यह उसके शरीर में धरा गया था, ज़बरदस्ती ही उसके पेट में पल गया था और अब ज़बरदस्ती ही उसकी नसों से दूध खींच रहा था . . .

पूरो ने अपने माथे को छुआ। आग में पड़ी हुई ईंट की तरह उसका माथा गरम था। शायद उसे ज्वर था . . . पूरो सोचने लगी, यह लड़का . . . उस लड़के का बाप . . . सारी पुरुष जाति . . . पुरुष . . . पुरुष . . . ! जो स्त्री के शरीर को कुत्ते की हड्डी की तरह चूसते हैं।

लड़का पूरो का दूध पीता रहा। पूरो का मन रहट के डोंगों की तरह भरता और ख़ाली होता रहा . . .

अनाथ

पूरो के गोलमटोल बेटे को सब जावेद कहकर पुकारते थे। पूरो उसे सुतली की पलंगिया पर डालकर देखती रहती। टाँगें चला चलाकर वह अपने ऊपर की चादर उतार देता और उसे पैरों से रौंद देता। पूरो ने उसके पाँव में चाँदी की पतली-सी पाजेब डाल रखी थी। जब वह टाँगें मारता, पाजेब की हल्की-सी छन-छन पलंगिया पर सुनाई देती। लातें चलाते समय ज़ोर लगाने से उसका मुँह लाल हो जाता और उसे हिचकियाँ आने लगतीं।

फिर पूरो उसके हाथों की ओर देखती। उसकी हथेलियाँ बहुत ही गोरी-चिट्टी थीं, और हथेलियों के पीछे की ओर मांस इस तरह उभरा हुआ था कि पूरो को उसके हाथ बिल्कुल मोम के उस बबुए जैसे लगते थे, जिसे छुटपन में उसने सियाम से आते हुए कलकत्ते के एक बाज़ार से ख़रीदा था। पूरो

ने उस बबुए को क्रोशिए से बुनकर एक कुरता पहनाया था, छोटे मोतियों को एक धागे में पिरोकर उस बबुए को माला पहनाई थी। जावेद के हाथ बिल्कुल उस बबुए के हाथों की तरह थुल-थुल करते थे। मोम का वह बबुआ शायद अभी तक नहीं टूटा होगा। पूरो सोचने लगती, कभी-कभी काँच और मिट्टी की वस्तुओं का जीवन भी कितना लंबा हो जाता है, शायद आज भी उस बबुए से पूरो की कोई बहन खेल रही होगी . . .

मुँह अँधेरे ही पूरो खेतों में जाती। रशीद बेटे के पास बैठता। एक दिन अभी अँधेरा ही था, पूरो खेतों से लौट रही थी। गाँव के बाहर मुसलमानों के कुएँ पर उसने हाथ-पैर धोए और जब अपने घर को लौट रही थी, उसे अपनी गली की एक लड़की कम्मो दिखाई दी।

शरद ऋतु की हल्की-हल्की ठंड थी। कम्मो पानी की बटलोई को पत्थर के एक छोटे-से थड़े पर रखकर खड़ी हो गई थी। पूरो जब उसके पास से गुज़री, कम्मो ने काँपते हुए हाथ से पानी की उस बटलोई को उठा लिया। शायद उसके कंधे बटलोई का भार सहन नहीं कर पाए, बटलोई कम्मो के कंधे से गिरने लगी। बटलोई के नीचे रखी कम्मो की हथेली भार के कारण बीच से दोहरी होती जा रही थी। दाएँ हाथ से बटलोई को सहारा देते हुए कम्मो के मुँह से निकला, 'ओ, माँ।'

पूरो के पाँव रुक गए, कम्मो के पास हो गई, मन किया, दस-बारह बरस की इस लड़की कम्मो के कंधे से बटलोई उतार ले। कम्मो उसके साथ-साथ चलती जाए, कम्मो जो पाँव से नंगी थी, जो सदा खद्दर के सुथने के पायंचे ऊपर को मोड़े रखती थी, जिसकी धारियों वाली कमीज़ के मुड्ढों पर लगा हुआ पैबंद कभी उधड़ जाता था, कभी फिर लग जाता था, जिसकी चुनरी के पल्ले सदा तार-तार लटके रहते थे, जिसके बाल सदा बान जैसे खुश्क और बिखरे रहते थे और जिसे पूरो ने सदा दूर से ही देखा था, आज वह उसके पास जाकर उसके उन कंधों पर से बटलोई उतार ले, जिन कंधों की हड्डियाँ पीतल की बटलोई से टूट रही थीं . . .

'बड़ी देर हो गई है?' बरतन के भार के नीचे दबी कम्मो ने जैसे पूरो से आज देर न होने का एक सहारा माँगा।

'अभी तो दिन भी नहीं निकला।' पूरो ने कहा।

न जाने कैसे लड़की में कुछ साहस हो आया, उसने अपने कंधों का भार फिर धरती पर रख दिया। बटलोई से कोई चुल्लू भर पानी छलककर कम्मो के कंधों पर गिर पड़ा। घिसी हुई धारियों वाली कमीज़ को पार करके पानी की ठंड कम्मो के शरीर में फैल गई। जाड़ों की ठिठुरन कम्मो के बदन में दौड़ गई।

पूरो रुक गई। कम्मो पूरो की ओर देखकर हँस पड़ी। एक घड़ी पहले वह देर हो जाने के डर से और बरतन के बोझ से सहमी हुई थी। पूरो ने कम्मो के चेहरे पर सदा वही भय देखा था। उस समय उसके चौड़े होठों पर फैली हुई हँसी पूरो को ऐसी लगी, जैसे उस लड़की को हँसना आता ही न हो, वह यूँ ही अपने होठ मरोड़ रही हो।

'कम्मो। तू रोज़ इसी समय आती है?' कम्मो को जो आवाज़ें पड़ती थीं, उनसे पूरो को कम्मो का नाम मालूम हो गया था . . .

'लगता है, आज कुछ देर हो गई है, मुझे मार पड़ेगी।' कम्मो ने फिर बटलोई पर हाथ धर लिया। उसके चेहरे पर से उसकी हँसी कच्चे रंग की तरह उतर गई और फिर वही पुराना भय आ गया।

'कम्मो! वह तेरी कौन लगती है?'

'चाची!' कम्मो ने कहा और उसकी बाँह बटलोई के भार के नीचे मुड़ गई, कौन जाने उस बोझ के कारण या चाची के नाम से।

'तू कहे तो मैं तेरी बटलोई ले चलूँ।' पूरो ने कहा, पर अपना हाथ आगे न बढ़ाया। पूरो को इस बात का ध्यान था कि लोग जानते थे कि उसका नाम हमीदा है – हमीदा, रशीद की बीवी और कम्मो एक हिंदू लड़की थी।

'बटलोई भ्रष्ट हो जाएगी।' कम्मो ने निःशंक कहा।

'पानी तो नहीं होगा, मैं पानी को हाथ नहीं लगाऊँगी, तू जाकर बाहर से बटलोई माँज लीजो।' कहते-कहते पूरो हँस दी, कम्मो भी हँस पड़ी, पर बटलोई उठाए रही।

दोनों अभी थोड़ी ही दुर गई होंगी कि कम्मो का पैर मुड़ गया। गिरती हुई बटलोई को पूरो ने थाम लिया, पर कम्मो कंकड़-पत्थरों पर गिर पड़ी। कम्मो के पैर में मोच आ गई।

पूरो ने बटलोई धरकर कम्मो का पैर थामा, हथेली से कम्मो के पैर को टखने के पास मला। देखते-देखते कम्मो उठने योग्य हो गई। पूरो बटलोई उठाकर साथ-साथ चलने लगी।

'ओ, माँ!' कहकर कम्मो रोने लगी। पूरो को लगा, जैसे कम्मो अपने तमाम दुःखों के लिए अपनी मर चुकी माँ को उलाहना दे रही है।

'पैदा करके हमारे लिए छोड़ गए', पूरो ने कई बार कम्मो की चाची को कहते सुना था। कम्मो के माता-पिता कोई न था। पिता तो शायद जीवित था, पर कहते थे, उसने शहर में कोई दूसरी औरत रख ली थी और इसी कारण कम्मो से कोई वास्ता न रखता था। पूरो सोच रही थी, जब माँएं मर जाती हैं तब बाप भी पराये हो जाते हैं... सोचते-सोचते उसका ध्यान अपनी ओर चला गया, माँएं जीवित हों फिर भी पिता पराये हो जाते हैं, माँएं भी परायी हो जाती हैं...

गाँव अब दीख पड़ने लगा था। प्रकाश भी बढ़ गया था और उनकी गली का मोड़ भी अब आ गया था। फिर दोनों को यह डर था कि कोई पूरो को बटलोई उठाए न देख ले। कम्मो ने जब बटलोई संभाली, उसके पाँव काँप रहे थे। पूरो ने जल्दी-जल्दी कदम बढ़ाए और कम्मो से अलग हो अपनी गली में मुड़ गई।

उसी दिन दोपहर के समय पूरो का लड़का कुछ ज़िद करके रो रहा था और पूरो उसे बहलाने में लगी हुई थी, जब दरवाज़ा खोलकर कम्मो उसके घर में आई . . .

पूरो ने आगे बढ़कर कम्मो को अपने से चिपटा लिया। लगा, उसके पुत्र की अपेक्षा कम्मो को बहलाए जाने की अधिक आवश्यकता है, कम्मो, जिसके आँसू पोंछनेवाला कोई न था।

कम्मो के आँसू पूरो की बाँह पर गिर रहे थे। पूरो के जी में रह-रहकर आ रहा था कि जैसे वह जावेद की माँ है, वैसे ही कम्मो की माँ भी बन जाए। कम्मो ऐंठ कर रोने लगे, वह उसे उठा-उठाकर बैठाए, उसे गोद में ले-लेकर फिरे, उसे चूमते न थके वह जावेद की माँ है, वह कम्मो की माँ भी बन जाए, वह सब अनाथों की माँ बन जाए। वह एक अच्छी पुत्री नहीं बन सकी थी, वह एक अच्छी माँ बन जाए . . .

कम्मो हिंदू थी और पूरो . . . पूरो एक मुसलमानी। कम्मो पूरो के घर का कुछ खा नहीं सकती थी, पर पूरो का जी करता था कि वह कम्मो को अपने हाथ से खिलावे, उसे अपने हाथ से दूध का कटोरा पिलावे . . .

पूरो ने फिर कम्मो का पैर मला . . . हथेलियों से गरम-गरम घी लगाया . . . रुई से सेंक किया।

कम्मो घर जाने की जल्दी करने लगी, उसकी चाची की लंबी झाड़ू उसकी आँखों में सलाखों की तरह घूम रही थी। कम्मो दुलाई निगदने वाली सुई लेने के बहाने चली आई थी।

पूरो ने कम्मो को बादाम वाला गुड़ खिलाया और फिर दुलाई निगदने वाली सुई भीतर से निकालकर दी।

जाड़ा दिन-दिन बढ़ रहा था। लोगों ने मोटे कपड़े पहन लिए थे, लोगों ने रुई भरवाकर काली छींट की फतूहियाँ सिलवाई थीं, लोगों ने मोटे खेसों में अपने कंधों को लपेट लिया था . . .

कम्मो अपनी उम्र के वर्ष खाए जा रही थी, न उसके शरीर पर यौवन चढ़ता था, न उसके शरीर पर कभी नए वस्त्र दिखाई दिए थे। उसके नंगे पैर अब ठंड से ठिठुरने लगे थे।

पूरो ने कम्मो के लिए एक नई जूती बनवाई, पर कम्मो के लिए अपने पैरों में उस जूती को पहनना आसान बात नहीं थी।

बहुत सोच-विचार के बाद कम्मो को वह जूती पहना दी गई और कम्मो ने अपनी चाची से कह दिया कि सामने ईख के खेत में पड़ी मिली है। चाची ने यह बात मानी तो नहीं, 'भला गाँव में ऐसी कौन होगी, जो अपनी नई जूती ऐसे फेंक आई?' पर वह चुप कर रही। कम्मो जूती पहनती रही।

किंतु हर रोज़ तो नई चीज़ें पड़ी नहीं मिल सकतीं। पूरो कम्मो की ठिठुरती हुई हड्डियों को देखती रह जाती।

केवल रात के अंतिम पहर का अँधेरा यह बात जानता था कि पूरो कम्मो की एक-दो बटलोइयाँ उठाकर उसे राहत ले लेने देती थी।

कम्मो दिन में एक-आध फेरा पूरो के घर का लगा लेती थी। कभी बेलन से रुई साफ कर लेती, कभी चक्की में चने दल लेती, कभी इमाम में मसाला कूट लेती। पूरो उसका हाथ बँटाती। चाची का बहुत काम हो जाता। नन्हा बच्चा जावेद कम्मो से हिल गया था। कभी कम्मो न आती तो पूरो उसे छोटे बच्चे का उलाहना देती। जहाँ तक कम्मो से बन पड़ता, वह कभी नागा न करती . . .

अब पूरो और कम्मो माँ-बेटियों की तरह एक-दूसरे से लड़ लेती थीं, दो सहेलियों की तरह एक-दूसरे से चिपट-चिपटकर बैठ जाती थीं।

कई बार पूरो का मन करता कि वह कम्मो के लिए कुछ बनाए। कम्मो के सूखे हुए शरीर पर अब एक हल्का-सा उभार आने लगा था। कम्मो के पिचके हुए गालों पर गोलाई आ गई थी। पूरो के घर आकर कम्मो अपने बाल सँवारती, पूरो चिकनाई का हाथ लगाकर कम्मो की मेढ़ियाँ करती।

एक दिन सवेरे मुँह अँधेरे कम्मो पूरो को पकड़कर बेतरह रोने लगी। पूरो ने उसकी ओर देखा, कम्मो गन्ने की तरह पेरी हुई जान पड़ती थी।

पूरो ने उसे अपने कलेजे से लगाया, उसका माथा चूमा, पर कम्मो का रोना किसी तरह थमने में न आता था। आँसुओं से उसकी चुनरी भीग गई थी, आँसुओं से उसके हाथ भीग गए थे।

'मेरी चाची कहती है, जो तू अब उसके घर गई तो मैं तेरा ख़ून पी डालूँगी।' कम्मो ने कहा और पूरो की छाती से लगकर सिसक-सिसककर रोने लगी। वह जी भरकर रोई, पूरो उसका एक सहारा थी और उससे अलग करने के लिए कम्मो को कोई हाथ पकड़कर खींच रहा था।

'पर क्यों मैंने क्या किया है?' पूरो ने पूछा।

'चाची कहती है कि वह घर से भागकर आई है, तू भी किसी दिन उसकी तरह भाग जाएगी।' कम्मो ने बताया तो पूरो टूटी हुई पूनी की तरह हो गई।

कटु-सत्य

पूरो के मन पर एक के बाद एक चोटें पड़ती रही थीं। उसका मन और मस्तिष्क इतने थोड़े समय में ही कम से कम दस बरस बड़े हो गए थे। पूरो बीस वर्ष से अधिक की नहीं थी, किंतु आयु उसे जो कुछ नहीं सिखा सकती थी, वह उसे जीवन के कुठाराघातों ने सिखा दिया था। वह बहुत गंभीर हो गई थी। पूरो का मन बड़ी विलक्षण बातें सोचता था, बहुत कुछ सोचता था, पर पूरो को अपने विचारों को व्यक्त करना न आता था। पानी के टकराने से जैसे झाग उठते हैं और फिर पानी में समा जाते हैं, उसी तरह पूरो के दिल में उमंगें उठतीं और विलीन हो जाती थीं।

कभी-कभार पूरो रहीम के घर उसके घर की औरतों के पास चली जाती थी। वहाँ पड़ोस की एक लड़की के पीले चेहरे से वह हैरान-सी हुई थी। कई बार मन करता कि उसे बुला ले। दुःखी को दुःखी पहचानता है। उस लड़की के मलिन मुख पर बड़ी-बड़ी थकी हुई-सी आँखें थीं, जो पूरो की ओर कुछ ऐसे झुक पड़ती थीं, जैसे उन्हें भी पूरो की आवश्यकता हो। होते-होते पूरो को पता लगा कि पिछले से पिछले साल इस लड़की का विवाह हुआ था। कोई कहता था कि उस पर भूत-प्रेत था, कोई कहता उसे कोई भीतरी रोग था। न जाने उसे क्या हो गया था, उसका बदन बहुत कमज़ोर हो गया था, उसका रंग पीला पड़ गया था।

पूरो ने इसी तरह आते-जाते उस लड़की से परिचय कर लिया, और उस परिचय को उसकी माँ के जरिये से अपने खेस बुनवाकर बढ़ा लिया। उस लड़की को सब तारो पुकारते थे।

कुछ दिनों बाद पूरो ने सुना, तारो को कई बार दौरे भी पड़ जाते हैं। उन दिनों तारो अपने मायके आई हुई थी। अब उसे अपनी ससुराल जाना था। पूरो ने सुना, हर बार अपनी सुसराल जाते समय तारो को इसी तरह होता था, और जितनी बार वह अपनी ससुराल से लौटकर आती थी, हर बार उसकी हड्डियाँ पहले से भी अधिक निकली हुई होती थीं।

देखने वाले अपने मन में समझते थे कि बस, दो-तीन फेरों की बात और है, फिर और सूखने के लिए उसके बदन पर मांस रह ही नहीं जाएगा, फिर और दुःखने के लिए उसकी हड्डियों में जान ही न होगी, किंतु कोई कुछ न कहता था, न ले जाने वाले ससुराली कुछ कहते थे, न भेजने वाले मायके के कुछ बोलते थे।

एक दिन तारो बिलकुल अकेली बैठी थी, पूरो उसके पास जाकर बैठ गई। पहले भी कई बार उससे थोड़ी-बहुत बातचीत कर चुकी थी, आज उससे बातें करने के लिए बैठ ही गई।

‘तारो, कोई सयाना तो बताता होगा, तुझे क्या हुआ है?’

‘कुछ भी नहीं।’

‘किसी ने नब्ज़ तो देखी होगी?’

‘वर्क वाले मुरब्बे और अर्क की बोतलें पीते-पीते मैं थक गई हूँ।’

‘तारो कुछ तो बता, क्यों अपनी जान की दुश्मन बनी है?’

‘अच्छा है, धरती का कुछ भार हल्का हो जाएगा, तू क्यों चिंता करती है?’

‘धरती पर तो न जाने कितना भार पड़ा हुआ है, तेरे न रहने से कितना कम हो जाएगा! अपनी माँ से पूछकर देख, जिसने तुझे जन्म दिया है, पाला है।’

‘पाला होगा’, तारो ने बेपरवाही से कहा, ‘दो–चार दिन रो–धोकर अपने–आप चुप हो जाएगी। वह कौन–सी सुखी है!’

‘पर ऐसी क्या बात है? माँ से कह, तुझे कुछ दिन और न भेजे।’

‘फिर क्या अंतर पड़ जाएगा! जैसी यहाँ हूँ, वैसी वहाँ।’

‘हाँ लड़कियों को कोई कितने दिन रख सकता है!’

‘लड़कियाँ . . . हुँह . . .’ और तारो बुड़बुड़ाकर चुप–सी हो गई। तारो के मन में न जाने क्या उलझन थी, न जाने वह क्या कहना चाहती थी, पर कह न पाती थी।

‘लड़कियों का क्या है, माँ–बाप चाहे जिसके हाथ में उसके गले की रस्सी पकड़ा दे।’ तारो ने थोड़ी देर ठहरकर कहा।

‘वहाँ का पानी अच्छा है?’ पूरो ने पूछा।

‘अच्छा न भी हो तो अच्छा ही है।’ तारो ने उत्तर दिया।

'हो सकता है, तुझे वहाँ का पानी माफिक न आया हो?' पूरो ने बात को चलाए रखने के लिए कहा।

'लड़कियों को सदा पानी माफिक आता है।' तारो ने कुछ ऐसा कहा कि पूरो उसकी ओर देखती रह गई।

'तारो, मैं तेरी अपनी हूँ, तू कुछ बताती क्यों नहीं?' पूरो ने ऐसे अपनेपन से कहा कि तारो का मन खुल गया।

'मैं क्या बताऊँ, लड़कियों को भगवान ने कुछ कहने के लिए ज़बान नहीं दी।'

'ठीक है तारो!'

'माँ–बाप के पास मेरे लिए कोई जगह नहीं है, क्योंकि किसी भी लड़की के लिए माँ–बाप के पास जगह नहीं होती और मेरे पति के पास भी मेरे लिए जगह नहीं है, क्योंकि उनके दिल और घर में एक औरत बसी हुई है।'

'तारो क्या तेरे आदमी का पहले ब्याह हो चुका था? तो फिर तेरे माँ–बाप ने तुझे वहाँ क्यों दे दिया?'

'उन्हें पहले ख़बर नहीं थी और न ही उसका पहले ब्याह हुआ। उसने तो बस एक औरत को घर में रखा हुआ है।'

'पर उसके माँ–बाप को तो ख़बर होगी?'

'सभी जानते थे। वह औरत उनकी जात की नहीं है, छोटी जात की है। उसके माँ–बाप कहते थे कि बहू घर में अपनी ही जात की आनी चाहिए।'

'पर उन्होंने यह न सोचा कि पराई बेटी का क्या होगा?'

'दूसरों के दुःख की कौन सोचता है, फिर वह लोग कहते हैं, हम रोटी देते हैं, कपड़ा देते हैं, खुला हाथ है, फिर किस बात का दुःख है?'

'जैसे औरत को केवल रोटी और कपड़ा ही चाहिए?' पूरो ने कहा।

'मेरे मन में आग–सी धधक उठती है। तू नहीं देखती, सब देखते हैं। दो बरस हो गए हैं, रोटी और कपड़े के लिए मैं उसे अपना शरीर बेचती हूँ; देख, मैं वेश्या हूँ . . . देख, मैं वेश्या . . .' कहते–कहते तारो गिर पड़ी, उसकी मुट्ठियाँ भिंच गईं, उसकी आँखें ऊपर चढ़ गईं, उसका शरीर लकड़ी के फट्टे की तरह अकड़ गया।

पूरो डर गई। तारो के घर में उस समय और कोई नहीं था। पूरो यह न जानती थी कि उसे क्या करना चाहिए। वह डर रही थी, घबरा रही थी। वह तारो की टाँग दबाने लगी, उसके कंधे दबाने लगी, उसके तलवे सहलाने लगी।

तारो को होश आ गया।

'तू मुझे हाथ मत लगा, मैं वेश्या हूँ, तू देखती नहीं . . . तू देखती नहीं . . .' तारो ऐसी ही बातें कर रही थी।

पूरो सोच रही थी कि अभी यह होश में नहीं है कि इतने में तारो की माँ आ गई।

'हाय रे, मैं क्या करूँ? एक तो हमें हमारी किस्मत ने मार डाला। अब इसकी बातें मार डालेंगी।' तारो की माँ निढाल–सी होकर बैठ गई। पूरो चुप रह गई . . .

'इसने और इसके भाई ने तो हमारी जान हलकान कर रखी है। लाहौर कॉलेज में पढ़ने क्या गया है, बहिन को भी पढ़ा–पढ़ाकर बिगाड़ दिया है। देख, कैसी ऊलजलूल बातें करती है।' तारो की माँ ने कहा।

'अम्मा, जुल्म भी तो बिचारी पर बहुत ही हुआ है।' पूरो ने कहा।

'बेटा, हमने लड़की दे दी, हमारा मुँह बंद हो गया। हम अब क्या बोल सकते हैं! वह अच्छी तरह रखे, दुःख दे, सुख दे, मर्द की जात है।' तारो की माँ ने कहा।

'मेरे मुँह पर ताला डाल दिया गया, मेरे पैरों में बेड़ी डाल दी गई, उसका क्या बिगड़ा? भगवान ने उसे बंधन में न डाला, उसे बाँधने के लिए भगवान जन्मा ही नहीं। सारी रस्सियाँ भगवान ने मेरे पैरों में ही डाल दीं।' तारो की मुट्ठियाँ भिंच गईं, उसकी टाँग फिर अकड़ गईं। उसकी माँ ने उसके मुँह पर पानी के छीटें मारे, चुल्लू भर–भरकर उसके मुँह में पानी डाला।

पूरो धक–सी रह गई थी। आज उसने पहली बार जाना था कि लड़कियाँ इस तरह भी सोच सकती हैं, लड़कियाँ इस तरह भी बोल सकती हैं, वैसे तो पूरो के मन में भी गुबार उठा करते थे, पर उन्हें व्यक्त करना उसे न आता था . . .

'यह धोखा है, निरा धोखा है। मेरा ब्याह नहीं हुआ, तुम सब झूठ बोलते हो। तुमने मुझे क्यों पकड़ रखा है? परे हटो . . .' और बेसुध तारो अपने पैरों को धरती पर पटकने लगी . . .

'तारो, होश में आ कैसी बातें मुँह से निकालती है! कोई सुनेगा तो क्या कहेगा! वह तेरा पति है, थोड़ा मुँह में लगाम दे, ऐसे न बोल।' तारो की माँ ऐसे कह रही थी, जैसे बेसुध पड़ी तारो को झिड़क रही हो, वैसे उनकी आँखें भर आई थीं . . .

तारो की चेतना कभी लौट आती थी, कभी वह फिर अचेत हो जाती . . .

'वहाँ जाकर ऐसा पागलपन मत बखेरना। अपनी जीभ को ठिकाने रख। वह समझे या न समझे, ईश्वर तो गवाह है कि वह तुझे ब्याहकर ले गया है।' तारो की माँ कह रही थी।

'माँ, ईश्वर ने अगर मेरे ब्याह की गवाही दी है, तो झूठी गवाही दी है। माँ, मेरा ब्याह नहीं . . .' तारो पागलों की तरह छत की लंबी–लंबी कड़ियों की ओर देखने लगी। पूरो तारो के चेहरे की ओर देख रही थी, तारो जो कि सब कुछ सोचने, सब कुछ कहने के बाद भी विवाह के इस महान असत्य

से मुक्त न हो सकती थी, वरन् उसकी उम्र के दिन बड़ी तेज़ गति से जीवन के सत्य–असत्य को पीछे छोड़ते बहुत आगे जा रहे थे।

गोधूलि की बेला थी। पूरो हृदय पर बोझ लिए हुए उठ खड़ी हुई। उस का मन इस भरे–पूरे संसार से एकाएक उचाट हो गया।

पिछले कुछ दिनों से पूरो अपने घर की दीवारों में परच–सी गई थी। रशीद की छोटी–छोटी ठिठोलियों ने, घर के छोटे–बड़े काम–काज ने, और सबसे अधिक जावेद की तोतली बोली ने पूरो के उचाट मन को पतले–पतले धागों से लपेट लिया था। उसका मन कुछ टिक गया था। जब तारो की बावली बातों ने जैसे पूरो के मन पर लिपटे कई धागों को तोड़ दिया। उसका मन विकल हो गया। रात को रोटी–टुकड़ा करते समय उसे नमक–मसाले का अंदाज भी भूल गया, दाल गुलभत्ता–सी हो गई रोटियाँ कच्ची–पक्की सी रह गईं।

आगे के दिनों में भी उसकी उदासीनता में कुछ अंतर न पड़ा। फिर न जाने उसने क्या–क्या संकल्प धारण कर लिए। वह दिन में एक बार खाने लगी। पहर रात रहते जाग उठती, ध्यान करती और घंटों अपनी आँखें और कान बंद किए रहती, संसार से उसका मन हटता जा रहा था . . .

पूरो की नींद कम हो गई, खाना कम हो गया। धीरे–धीरे उसने अपने लिए सूखे छानस में नमक डालकर केवल एक रोटी लेनी शुरू कर दी। उस रोटी में न घी चुपड़ती, न ही उसे दूध या दही के साथ खाती। उसी एक रोटी के सहारे वह पूरा दिन काट लेती। कुछ ही दिनों में पूरो की आँखों के नीचे नीले–नीले हलके धब्बे पड़ गए . . .

इधर कुछ दिनों से रशीद भी पूरो का मन बहलाने में व्यस्त हो गया था। रोज़ों और नियम–व्रत को लेकर वह हँसी–ठिठोली करता, पूरो के मन को पलटने की कोशिश करता, प्यार भी पहले से अधिक करने लगा था, पर रशीद के सारे जतन विफल रहे।

अब रशीद का दिल बुझने लगा था। दिन–दिन उतरता हुआ पूरो का चेहरा रशीद से देखा न जाता था। उसके घर में वीरानी ने अपने पैर जमा दिए थे। रशीद के चेहरे पर भी एक वेदना, एक मौन दीख पड़ने लगा था। दोनों घर की, समाज की, शरीर की दीवारों में घिरे हुए थे, पर दोनों के बीच जैसे अब एक दीवार खड़ी हो गई थी . . .

पूरो के यहाँ एक भैंस थी। वह नियम से दूध जमाती, दही रिड़कती, रशीद के खेतों में काम करने वाले जब पशुओं के लिए चारा लेकर आते तो पूरो उनको और उनके बच्चों को गिलास भर–भरकर लस्सी देती, ऊपर से मक्खन के पेड़े भी डाल देती। घर के चूल्हे में आग जलती ज़रूर थी, पर घर की बोल–चाल पर और ज़िंदगी की हरियाली पर कोहरा जम गया था . . .

जावेद पर भी अपने उदास माता–पिता की परछाई उतर रही थी। पूरो उसके सारे काम नियम से करती थी और रशीद उसे दिल से प्यार करता था, फिर भी घर में अँधेरा-सा घिर गया।

एक रात सोते–सोते रशीद को ज्वर हो आया बदन जलने लगा। सवेरे जब पूरो ने रशीद के माथे पर हाथ रखकर देखा तो रशीद को बहुत तेज़ बुखार था . . .

गाँव के हकीम की दवा–दारू हुई, ज्वर आते तीन दिन हो गए थे, जब हकीम ने कहा कि रशीद को शायद मियादी बुखार हो गया।

रशीद की बीमारी ने पूरो के नेम–धरम और वैराग्य को अपनी ओर खींच लिया। पूरो दवा–दारू देती, रशीद के पास बैठी रहती है। जावेद का मुँह उतरा हुआ दीख पड़ने लगा। दोपहरी चढ़ जाती, पर पूरो को उसकी सुधि लेने का अवकाश न मिलता और कई रातें बीत गईं, कई दिन बीत गए, रशीद का बुखार उसी तरह था . . .

'पूरो, मेरा गुनाह बख्श दे! मेरा कुसूर माफ़ कर! पूरो . . . पूरो . . .' रशीद ने बुखार की तेज़ी में कहा। रात्रि का तीसरा पहर होगा। पूरो घबरा

उठी। इतने दिनों की लगातार चिंता और रातों के जागरण से वह टूट–सी गई थी। उठकर घबराई हुई–सी रशीद की खाट के पास बैठ गई, रशीद के माथे पर हाथ फेरती रही, रशीद के पैर दबाती रही, पर रशीद को अपना होश न था . . .

'अच्छा पूरो, मैं चलता हूँ . . . पूरो, मेरी रूह . . . और रशीद टूटे–फूटे लफ्ज़ बोलता रहा। पूरो का दिल ज़ोर–ज़ोर से धड़कने लगा . . .

'बस कर, रशीद, मेरे ज़ख्मों पर नमक मत छिड़क।' पूरो ने आर्त स्वर में कहा, पर रशीद को बिलकुल होश न था, वह उसी तरह अस्पष्ट–सा बोलता रहा। कोई–कोई बात पूरो की समझ में आ जाती और कई बातें रशीद के कंठ से उठकर उसके होंठों पर ही शेष हो जातीं।

प्रलय–सी काली अँधेरी रात थी। पूरो घर में अकेली थी, पर उसे ऐसा लग रहा था, वह इस विशाल संसार में अकेली है। रशीद के सिवा उसका कोई नहीं था।

पूरो ने रशीद के माथे पर घड़े के ठंडे पानी में भिगो–भिगोकर पट्टियाँ रखीं। माथा चूल्हे की ईंट की तरह गरम था। वह पट्टियाँ भिगोती रही। कटोरे का पानी मिनटों में ही एक काढ़ा–सा बन गया। पूरो ने पानी बदला। उसकी आँखों से आँसू ढुलक–ढुलककर रशीद के माथे पर गिरते रहे . . .

सवेरे पौ फटते तक, न जाने पानी की ठंडक से या आँसुओं के गीलेपन से, रशीद का ज्वर उतर गया। उसका शरीर धुल गया था। उसकी बेहोशी आराम की नींद में बदल गई।

जब रशीद की आँख खुली, उसे अपना बदन हल्का–सा लगा। आज उसके माथे में पीड़ा नहीं थीं। रशीद ने आराम की एक लंबी साँस लेकर करवट बदली। पूरो रशीद के सिरहाने की ओर ज़मीन पर बैठी–बैठी चारपाई का सहारा लिए सो गई थी। उसके एक हाथ में अभी तक कपड़े की पट्टी थी और पाँव के पास पानी का कटोरा पड़ा हुआ था . . .

पूरो को देखकर रशीद का जी भर आया। उसने उसके चेहरे की ओर देखा, उसका उतरा हुआ चेहरा नींद में डूबा हुआ था।

अपनी बीमारी और पूरो की ख़िदमत रशीद के मन में एक उथल-पुथल – सी मचा रही थी। कपड़े की पट्टियों से रशीद ने जान लिया कि बीती रात कितनी कठिन रही होगी। रशीद ने अपना कमज़ोर-सा दाहिना हाथ उठाकर पूरो के सिर पर घर दिया। पूरो के बिखरे हुए बालों में रशीद की उँगलियाँ काँपती रहीं। उँगलियाँ पूरो के कानों को, उसके माथे को धीरे-धीरे छूती रहीं। पूरो नींद में थी। रशीद की आँखों के कोनों से ढुलक-ढुलककर आँसू बिस्तर पर पड़ते रहे। रशीद एक अजीब से सुख का अनुभव करता जागता रहा।

रशीद ने पूरो के शरीर को पा लिया था, पर प्यास थी कि वह पूरो की आत्मा में उतर जाए। पूरो का उदास रहना उसे खाए जाता था। इस समय पूरो तोड़ी हुई सरसों की डंडी की तरह रशीद की चारपाई से लगी सो रही थी।

रशीद में ताकत नहीं थी, पर मन आ रहा था कि वह पूरो को अपने कलेजे से लगा ले। पिछले कुछ दिनों की गहरी उदासी से रशीद पीड़ित था। इस समय रशीद को पूरो के चेहरे पर स्पष्ट दिखाई दे रहा था कि पूरो के तन-मन में रशीद के सिवा और कुछ नहीं था। रशीद ने अपनी बाँह और आगे बढ़ाकर पूरो के गले से लगा दी। शायद बाँह कुछ ज़ोर से लिपटी, पूरो जाग गई। वह काँप उठी। पर रशीद ठीक था, उसका ज्वर उतर चुका था, वह बड़ी निढाल आँखों से पूरो को देख रहा था . . .

रशीद को खाट पर पड़े पूरे दस दिन हो गए थे। उसका ज्वर उतर गया था, बहुत दुर्बल हो गया था, पर उसका मन बहुत उल्लसित था। पूरो ने अपने को रशीद की ओर मोड़ लिया था। रशीद के पास बैठकर पूरो ने दिन-रात एक कर दिए थे। अब पूरो जावेद को बना-सँवारकर रशीद के पास बिठा देती। उसने जावेद को कितने ही छोटे-छोटे लफ्ज़ बोलने सिखा

दिए थे। जावेद रशीद के पास–पास घुटनियों चलता, उसकी नकल करता था, माँ के सिखाए हुए लफ़्ज़ों को तोड़–तोड़कर बोलता था। रशीद का मन खिल गया था, शरीर फूल की तरह हल्का था। वह मन ही मन अपनी बीमारी को दुआएँ देता, उसके आँगन में ख़ुशी दुगुनी–तिगुनी होकर लौट आई थी . . .

पूरो का मन करने लगा कि वह सचमुच भूल जाए कि रशीद ने उसके साथ बुरा किया था। वह रशीद को बहुत प्यार करने लगे। रशीद उसका पति था, रशीद उसके बेटे का बाप था। बस, यही एक सच था और सब कुछ झूठ . . .

एक और पिंजर

अगले कुछ दिनों में रशीद ने एक–दो फेरे अपने गाँव छत्तोआनी के लगा लिए थे। उसके भाई के साथ जो साझे में उसकी ज़मीन थी, उसका अनाज–दाना लेकर रशीद ने बेच लिया था, पर पूरो जिस दिन से सक्कड़आली आई थी, उस दिन से उसने गाँव के बाहर पाँव नहीं धरा था। कभी रशीद कुछ कहता तो पूरो हँसकर कह देती, 'मैं न अपनी मर्ज़ी से इस गाँव में आई थी, न अपनी मर्ज़ी से इस गाँव से जाऊँगी।

जावेद अब दौड़ता–फिरता था। रशीद शुरू से स्वभाव का नरम था, पूरो को बहुत प्यार करता था, पर जावेद पर निछावर था। जावेद को चूमते,

प्यार करते वह अघाता नहीं था। जावेद अब कुछ–कुछ तुतलाकर बोलने लगा था। अब्बा–अब्बा कहता रशीद की टाँगों से चिपट जाता था।

पूरो चूल्हे को चिकनी मिट्टी से पोतती तो जावेद दौड़ा–दौड़ा आता, गीली मिट्टी को थपकने लगता, पूरो के बने हुए चूल्हे को बिगाड़ जाता। पूरो लस्सी में नमक मिलाकर पीने लगती तो जावेद हल्दी और मिर्च उसकी लस्सी के कटोरे में डाल देता। जावेद किवाड़ों के पीछे छुप जाता, रशीद उसे ढूँढ़ता रहता। जावेद की इन छोटी–छोटी क्रीड़ाओं से, उसकी हँसी से रशीद, मकई के दाने की भाँति खिलता रहता।

एक दिन एक स्त्री 'घुग्गू घोड़े' लेकर गलियों में बेचती फिर रही थी। जावेद ने मिट्टी के छोटे–छोटे खिलौनों को और सरकंडे के झुनझुनों को देख लिया। लगा पूरो का पल्ला खींचने, पूरो ने मुट्ठी भर अनाज और पुराने कपड़े देकर 'घुग्गू घोड़े' ले लिए। वह अभी गली में ही बैठी थी कि दूर से दौड़ती हुई एक पागल औरत गुज़री . . .

स्त्रियों ने दौड़कर अपने बच्चे छिपा लिए, दरवाज़े बंद कर लिए, छोटे अनजान बालक चीखने–चिल्लाने लगे। पगली के शरीर पर पिंडलियों जितनी ऊँची एक सलवार थी, गले में कोई कपड़ा न था। उसका रंग शायद धूप से झुलस गया था या फिर था ही काला। उसके सिर पर बालों की उलझी हुई धूल–सनी लटें थीं। जान पड़ता था, जब से वह जन्मी थी, कभी नहाई नहीं थी। अपनी टाँगों को वह अजीब तरह मरोड़ती थी, बाँहों को वह अजीब तरह फैलाती थी, चलते हुए भी दौड़ती हुई लगती थी। उसके मुख की ओर देखते ही उसकी डरावनी हँसी से छितरे हुए दाँतों की ओर नज़र जाती थी। उसके सूखे हुए, जले हुए शरीर से उसकी आयु का कोई अनुमान नहीं लगाया जा सकता था। बस, एक पिंजर था, जो दौड़ता–फिरता था . . .

पूरो देखती खड़ी रही। पगली दौड़ती हुई आई और खिलौने बेचने वाली कुंजड़िन के छाज में से अपनी दोनों मुट्ठियाँ 'घुग्गू घोड़ों' से भरकर

भाग गई। उसकी डरावनी चीखती हुई–सी हँसी की आवाज़ देर तक गली में गूँजती रही . . .

पगली सारा सारा दिन घूमती रहती, खेतों में फिरती रहती, क्यारियों में से भी कुछ तोड़कर खा लेती। कभी–कभी स्त्रियाँ एक–दो रोटियाँ बैठी हुई पगली के आगे डाल देतीं, वह उन्हें चबा जाती। कभी–कभी स्त्रियाँ कोई फटा–पुराना कुर्ता उसे पहना देतीं, पगली खिलखिलाकर हँसती। कुर्ता पहने रहती, फिर उसके बटन तोड़ डालती, फिर किसी दिन कुर्ते को दाँतों से फाड़ देती। फटी धज्जियाँ उसके गले में लटकी रहतीं। फिर पगली उन धज्जियों को भी खींच–खींचकर अपने से दूर कर देती। कभी–कभी अपने शरीर पर से सब कुछ उतार फेंकती। स्त्रियाँ फिर कोई फटी–पुरानी सलवार कोई फटा–पुराना कुर्ता उसे पहना देतीं . . .

पगली अब गाँव सक्कड़आली में जैसे रच–बस गई थी। उसे रोज़–रोज़ देखने की सबको आदत–सी हो गई थी। कभी–कभी गाँव के छोटे–छोटे लड़के उसके पीछे लग जाते, तालियाँ बजाते, पगली को दौड़ाते, आप उसके पीछे–पीछे दौड़ते, फिर रास्ता चलता कोई सयाना आदमी उन्हें झिड़क देता, लड़के उसका पीछा छोड़ देते . . .

नन्हें बालकों ने हठ करना छोड़ दिया, माँएं उन्हें पगली का डरावा देता थीं, 'पगली पकड़कर ले जाएगी।' रोते हुए बच्चे सहमकर चुप हो जाते थे . . .

पगली किसी पुआल के नीचे पड़ी रहती। कभी कोई पानी का प्याला उसके पास धर जाता, कभी कोई रोटी के टुकड़े उसके सिरहाने रख देता। किसी ने एक फटी हुई रज़ाई पुआल के नीचे धर दी थी, पगली रात को नियम से वहाँ जाकर पड़ी रहती थी . . .

पगली बस दौड़ती थी और हँसती थी। किसी के बच्चे को कभी कुछ भला–बुरा नहीं कहती थी, किसी की चीज़–बस्त को कभी हाथ नहीं लगाती

थी। ज़मीन पर गिरी हुई रोटी के टुकड़े को उठा लेती, ज़मीन पर पड़ी हुई किसी खाने की चीज़ को चाट लेती थी . . .

कुछ ही दिनों में सबने देखा, और पूरो ने चकित होकर देखा कि पगली का नंगा पेट उभरता आ रहा है। सारे गाँव की स्त्रियाँ जैसे लाज के मारे गड़ रही हों। पगली न कुछ बोलती थी, न कुछ बताती थी . . .

पगली का शरीर दिन–दिन भरता जा रहा था . . .

गाँव की स्त्रियों का जी करता कि वे पगली के शरीर को ढँककर रखें। वे उसे किसी भुइहरे में डाल दें। पगली की समझ में कुछ न आता। वह पहले की ही तरह हँसती रहती थी, दौड़ती रहती थी . . .

एक दिन कुछ आदमियों ने मिलकर पगली को गाँव के बाहर ले जाकर छोड़ दिया। अँधेरा गहरा हो गया था। उस रात किसी ने पगली को नहीं देखा। सब सोचने लगे कि पगली अब इस गाँव से गई। आँख से दूर, दिल से दूर, अब वह किसी दूसरे गाँव चली जाएगी . . .

दूसरा दिन अभी आधा भी न बीता था कि पगली ठीक पहले की तरह गाँव की गलियों में दौड़ रही थी। वह ठीक पहले की ही तरह खेतों में हँस रही थी।

'वह कैसा पुरुष था! अवश्य ही कोई पशु होगा, जिसने इस जैसी पागल की यह दुर्दशा बना दी!' अब स्त्रियाँ त्राहि–त्राहि करती थीं। उनका जी पगली के ध्यान से मिचला उठता था।

'जिसके पास न हुस्न था, न जवानी थी, मांस का एक शरीर, जिसे अपनी सुध न थी, जो केवल हड्डियों का एक पिंजर था, एक पागल पिंजर . . . चीलों ने उसे भी नोच–नोचकर खा लिया . . .' सोचकर पूरो थक जाती थी . . .

पगली का पेट दिन–दिन बढ़ता जा रहा था . . .

पिंजर में पिंजर

वही रात के पिछले पहर का अँधेरा था, जिसमें पूरो नियमपूर्वक खेतों को जाया करती थी। पूरो अभी बाहर वाली पगडंडी पर आई ही थी कि एक पेड़ के तने के पास उसे एक आकृति–सी गिरी दीख पड़ी। पूरो काँप उठी। पर वह ऐसे कच्चे जिगरे की औरत नहीं थी। धीरे से वह गिरे हुए शरीर की ओर बढ़ी। पूरो के लिए उसे पहचानना कठिन नहीं था। पगली एक पत्थर की मूर्ति की भाँति निश्चल उस पेड के नीचे पड़ी थी। उसके पैरों के पास एक नवजात बच्चे का शरीर था, जिसकी नाल अभी उसकी आंवल के साथ जुड़ी हुई थी . . .

पूरो एक गहरी साँस लेकर रह गई। उसकी आँखों के आगे अँधेरा छा गया। फिर जैसे उसे कुछ सुध न रही . . .

पूरो की रीढ़ की हड्डी में एकाएक कंपन दौड़ गया, वह उल्टे पाँव दौड़कर रशीद को बुला लाई।

पूरो ने एक फटी हुई चद्दर का टुकड़ा पगली के शरीर पर डाल दिया, फिर रशीद ने पगली की नाड़ी टोही। नाड़ी भी टोहने की आवश्यकता नहीं थी, पगली के चेहरे पर मौत की मोहर स्पष्ट लगी दीख पड़ती थी, बालों की एक लट उसके माथे पर जम गई थी . . .

प्रकृति अपनी पूरी धड़कन के साथ पगली के बच्चे में धड़क रही थी। बच्चे के मुँह में उसका अपना दाहिना अँगूठा पड़ा हुआ था।

'या अल्लाह!' रशीद ने कहा और चाकू से उसने बालक की नाल को काट दिया . . .

पूरो ने बालक को अपने सिरवाले पल्ले में लपेट लिया, और फिर दोनों जीव घर को लौट गए . . .

प्रातः काल की धुँध की तरह यह ख़बर सारे गाँव में फैल गई। जो स्त्रियाँ आटा गूँध रही थीं, उनके हाथों से परात छिटक गई। जो रोटी बनाने जा रही थीं, वे बलते तंदूर छोड़–छोड़कर पूरो के घर आतीं और बालक को देख–देख जाती थीं।

रुई के गाले जैसे गोरे–चिट्टे बालक को पूरो ने नहलाकर एक खटोले में लिटा रखा था। कुनकुने दूध में कपड़े का छोटा–सा टुकड़ा भिगो–भिगोकर पूरो ने उसके होंठों से लगाया। वह पूरी चेतना से दूध की बूँदें चूसने लगा। जावेद अपने घर आए छोटे–से पाहुने को झुक–झुककर देखता था।

'रब तेरा भला करे!... तेरे बच्चे जिएँ!... बड़ा पुण्य किया है!' गाँव की स्त्रियाँ आ-आकर कहतीं, अनाथ बालक पर दया करने के लिए शाबाशी देतीं और लौट जातीं...

दो-चार आदमियों ने मिलकर पगली के शव को ठिकाने लगा दिया।

अँधेरा हो चला था। पूरो बच्चे के काम-काज में लगी हुई थी, रशीद ने लालटेन की बत्ती साफ करके उसे जलाया, बालक ने अपनी मोटी-मोटी चेतन आँखों से लालटेन की ओर देखा। अभी उसकी कच्ची दृष्टि टिकती नहीं थी, फिर उसका ध्यान किसी दूसरी ओर हो गया...

पूरो अपने में डूब गई...

सोचने लगी, कैसा था वह मर्द, जिसने पगली के काले-कलूटे कंकाल को हाथ लगाया! क्या ऐसा पगली की मर्ज़ी से हुआ या उसके साथ ज़ोर-ज़बरदस्ती की गई? उस मर्द को कभी भूले से भी ध्यान न आया कि उसने पगली पर कितना अत्याचार किया है! उसे कभी अपने बच्चे का भी ध्यान न आया, जिसे उसने पगली के पास धरोहर के रूप में रखा था!

शायद पगली यह जानती ही न होगी कि उसके यहाँ एक बच्चे का जन्म होगा। प्रसव की पीड़ा उसने कैसे सही होगी! रात के अँधेरे में वह चीखती रही होगी! खुली हवा के झोंके उसके शरीर में शूल से लगते होंगे। ठंडी ज़मीन पर पड़ी वह बिलखती रही होगी! पर प्रकृति के नियम में बँधा उसका बालक अपने-आप दुनिया में आया होगा, भूमि पर गिर पड़ा होगा, और पीड़ा से निचुड़ी हुई पगली की जीवन-डोर टूट गई होगी...

फिर पूरो सोचने लगी, पगली को जीकर भी क्या लेना था? वह अपने बच्चे की क्या देख-रेख कर सकती थी? अच्छा हुआ, उसकी जान छूट गई। बच्चा कितना सुंदर है! टेढ़ी-मेढ़ी हड्डियों के झुलसे हुए पिंजर

में कैसे इतना सुंदर बालक पल गया! कैसी मोटी–मोटी आँखें हैं इसकी! सारे नक्श सुंदर हैं। पूरे मर्द का एक छोटा–सा रूप! न जाने इसका पिता कौन अभागा है!

सोचते–सोचते पूरो ऊँघ गई। पूरो ने देखा, एक दौड़ती घोड़ी पर डालकर रशीद उसे भगाए ले जा रहा है। किसी बाग की एक छोटी-सी कोठरी में पूरे तीन दिन रखकर रशीद ने पूरो को घर से निकाल दिया है। पूरो पागल हो गई है। वह गलियों में घूमने लगी है। उसके पेट में बच्चा सरसराने लगा है, और फिर फिर एक दिन एक पेड़ की छाया में उसने एक बालक को जन्म दिया है, जिसकी शक्ल–सूरत बिल्कुल जावेद की–सी है। उसका बालक उसकी छाती से लगकर दूध के लिए रो रहा है, पर पूरो के दूध उतर नहीं रहा है . . .

काँपकर पूरो जाग उठी। सामने खटोले में उनका नया बालक टिटियाकर रो रहा था। उसने उसे उठाकर छाती से लगा लिया। फिर डरकर अपने जावेद की ओर देखा, वह अभी कुछ ही देर हुई, पासवाली चारपाई पर सो गया था। फिर उसने डरते–डरते बाहर चूल्हे के पास बैठे हुए रशीद की ओर देखा। रशीद अभी तक उसे छोड़कर नहीं गया था और न ही उसने पूरो को अपने घर से निकाला था। वह अपने घर में सही–सलामत थी। रशीद उसका मेहरबान प्यारा-सा पति था, जावेद उसका घुँघराले बालोंवाला पुत्र था। उसकी गलीवाली कम्मो भी चोरी–छिपे उससे घुट–घुटकर बातें किया करती थी, पूरो के प्यार में हिस्सा बँटाती थी और पूरो का परिवार और बढ़ गया था। पूरो ने बच्चे का माथा चूम लिया . . .

फिर उसने उठकर हथेली भरकर सफ़ेद जीरा खाया। जावेद ने पूरे दो बरस पूरो का दूध पिया था, और उसका दूध छुड़ाए उसे अभी बहुत दिन नहीं थे। उसने यह सुना हुआ था कि सफ़ेद जीरा खाने से औरत के दूध उतर आता है। पूरो ने छोटे बच्चे को अपने स्तन से लगा लिया . . .

तीन दिन के बाद सचमुच पूरो के दूध उतर आया। गाँव की स्त्रियाँ देख–देखकर अचरज करती थीं। लड़का पूरो का छोटा पुत्र बनकर पलने लगा।

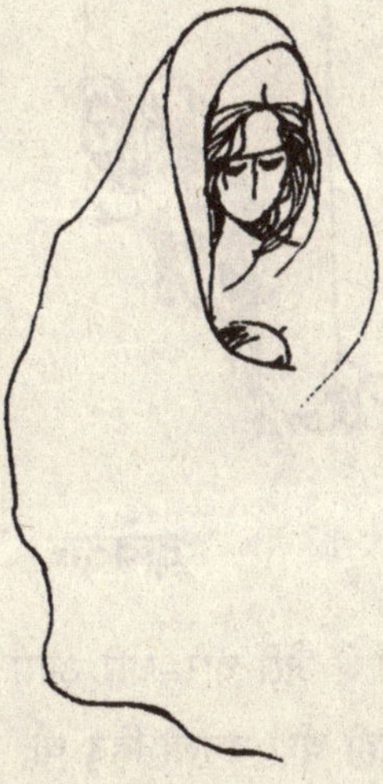

दावेदार

जुड़े हुए उपलों में जैसे धीरे–धीरे आग सिंकती है, उसी तरह गाँव में खुसर–फुसर चल रही थी। पगली हिंदू थी, उसके बच्चे को मुसलमानों ने ले लिया है। सारे गाँव में देखते–देखते उन्होंने हिंदू बच्चे को मुसलमान बना लिया है . . .

जैसे बिल्ली अपने बच्चे को दुनिया की निगाहों से छिपाकर रखती है, वैसे ही पूरो भी छोटे लड़के को कलेजे से लगाए मकान की भीतरी कोठरी

में बैठी रहती थी, फिर भी बातें दीवारों को भेदकर उसके कानों में पड़ जाती थीं . . .

पहले तो एक–दो हिंदू घरों में बैठकें होती रहीं . . .

'यह बात पक्की है कि पगली हिंदू थी।' कोई कहता।

'हमने अपने कानों से सुना है, वह लालामूसे के एक अच्छे घराने की लड़की थी, अच्छी भली थी, जब उसकी सौतन ने उसे मुर्दे की राख खिला दी। बस, तभी से वह पागल हो गई।' कोई कहता।

'सुना है, उसके घरवालों ने उसे दरवाज़ों में बंद करके रखा, पर उसके भाग्य में तो खुआरी लिखी थी।' कोई कहता।

'अजी ये तो कोरी बातें हैं। मैंने ख़ुद उसकी बाँह पर 'ॐ' ख़ुदा हुआ देखा है।' कोई धरती पर हाथ मारकर कहता।

'अँधेर है, यारो! हमारे देखते–देखते मुसलमान हमारी आँख में धूल झोंक गए।'

'धिक्कार हैं हम पर! हिंदू बालक को उन्होंने मिनटों में मुसलमान बना लिया।'

'छोड़ो भी यारो! न जाने वह लड़का किसकी बला है, किसकी नहीं, हम उस पिल्ले को कहाँ बाँधते फिरेंगे!' कोई जना बीच में यह भी कह देता।

'नालायक! सवाल इस समय धरम का है। इस तरह तो कल वे सारा गाँव मुसलमान बना लेंगे और तू उनका मुँह देखता रह जाएगा।' एक–दो व्यक्ति एक साथ ऊँचे स्वर में बोल उठते।

कमरे की हवा ऐसी हो जाती, जैसे बंद दरवाज़ों में वह घुट गई हो . . .

'लड़के को हम वापस लाएँगे, देखते है, कौन हमारा हाथ पकड़ता है!'

‘असल में यही चार पैसों की बातें हैं न? महरी को चंदा इकट्ठा करके दे देंगे, वह लड़के को अपने–आप पाल लेगी।’ कोई जोश के साथ अपनी जगह से ज़रा आगे सरककर कहता।

‘ऐसे गए–बीते तो नहीं, सारा गाँव मिलकर क्या एक लड़के को न पाल सकेगा?’

‘कौन कह सकता है कि लड़का भी पगली की तरह गूँगा–बहरा निकलता है, या . . .’ बीच में फिर कोई कह उठता।

‘फिर क्या हुआ, बड़ा होकर धर्मशाला में झाड़ू लगा दिया करेगा, दो रोटियाँ ही खाएगा न।’

फिर वे एक–दूसरे के साहस पर साधुवाद करते प्रसन्न होते।

‘पहले महरी से तो पूछ लो!’ कोई कहता।

‘लो, देखो! क्या वह न रखेगी? पहले चाँदी की जूती उसके सिर पर रखेंगे, फिर उससे बात करेंगे।’

‘अरे भाई, लड़के का क्या है! धर्मशाला में तो ढोर डँगर का ही इतना काम है, मुफ़्त में काम करनेवाला मिल जाएगा।’

‘अजी, अभी इसकी बिसात ही क्या है, लड़का पल तो जाए! पहले उसका . . .’

‘अरे, तुम लोग मरे क्यों जाते हो? धरम के नाम पर इतना भी नहीं कर सकते, तो अँधे कुएँ में कूद मरो।’

‘तुम्हारे खेत का पानी कोई अपने खेत में लगा ले तो तुम उसका सिर फाड़ देते हो, आज तुम्हारा हिंदुओं का लड़का वे उठाकर ले गए हैं, तो तुम्हारे मुँह पर ताला पड़ गया है।’

कमरे की हवा ऐसी हो जाती, जैसे उसमें पत्थर के कोयले का धुआँ मिल गया हो . . .

अब जब रशीद अपने खेतों को जाता, तो पास से गुज़रते हुए हिंदू उसकी ओर कड़वी आँखों से देखते। रशीद अपने ध्यान में मग्न चला जाता . . .

एक–दो बार उसने बातों–बातों में पूरो से कहा, 'भई, गाँव की हवा अच्छी नहीं है, हमें इस झगड़े में पड़कर क्या लेना है, बात लंबी हो जाएगी। वे लड़का ले जाएँ, अगर उनकी यही मर्ज़ी है। जो लड़के के भाग में होगा, हो जाएगा।'

पूरो कहती तो कुछ न थी, पर उसका मन व्याकुल हो उठता था। हड्डियों के एक छोटे–से पिंजर को दिन–रात कलेजे से लगाकर उसने छह महीने का कर दिया था। अब वह भी जावेद की तरह गोलमटोल निकलता आता था। उसकी आँखें अब पूरो को पहचानने लगी थीं, वह रशीद को देखकर बाँहें फैलाने लगा था . . .

फिर पूरो सोचती पहले दिन ही हिंदुओं को उसकी सुधि क्यों न आई? वे उसे ले जाते, पाल लेते, उसे माँ की–सी गोद देते, उसे पिता का–सा स्नेह देते। पूरे छह महीने पूरो ने रातें जागकर काटी थीं, जीरा फाँक–फाँककर अपनी नसों से दूध उतारा था, उसका मल धो–धोकर अपने नाखून घिसा लिए थे . . .

फिर पूरो को ध्यान आता था कि उसने लड़के को शहद चटाया था और अपने पड़ोस के मुसलमानों के घरों में पंजीरी बाँटी थी कि लड़के को बड़ा होकर यह ख़याल न आए कि उसके जन्म पर किसी ने उसका कुछ न किया।

एक दिन गाँव के मुखिया हिंदुओं ने रशीद को बुला भेजा। पूरो के होठों पर पपड़ी जम गई, सोच में पड़ गई, बच्चे को पालने का बीड़ा तो उसने उठाया था, पर वे लोग रशीद को बुरा–भला कहेंगे, रशीद का अपमान करेंगे . . .

पूरो कह रही थी कि वह भी रशीद के साथ जाएगी। वही उनके सवालों की जवाबदेह थी। वह आप जाकर उनसे लड़के की भीख माँग लेगी . . . पर रशीद न माना, वह अकेले ही वहाँ चला गया, जहाँ उनलोगों ने उसे बुलाया था . . .

गाँव के एक सम्मानित हिंदू के मकान के आँगन में तीन चारपाइयाँ पड़ी थीं, जिनपर गाँव के कुछ प्रमुख हिंदू बैठे हुए थे। उनका विचार था कि रशीद दो–चार साथियों को लेकर आएगा या शायद न भी आवे, तब वे उससे दूसरे ही ढंग से निबटेंगे, पर रशीद बिलकुल अकेला ही चला आया। सलाम–दुआ करके उनके सामने बैठ गया . . .

'क्यों भई, क्या सलाह है तेरी? लड़का वापस देगा या नहीं?' हुक्के की नली मुँह से निकालकर उनमें से एक ने अपनी भारी–भरकम आवाज़ में कहा।

'मेरी क्या मजाल है? अल्लाह की देन है, मैं कौन हूँ देनेवाला!' रशीद ने एक हाथ से अपने माथे को छूकर आकाश की ओर देखा . . .

'ये तो टालबाज़ी की बातें हैं, इन्हें छोड़ सीधी बात कर!' एक व्यक्ति ने क्रोधावेश में आकर कहा।

'मैंने तो अल्लाह के रहम पर उसे उठा लिया था। जो घड़ी, दो घड़ी और वहाँ न पहुँचता तो क्या पता, कोई कुत्ता–बिल्ली ही उसे मुँह में धर लेता! अल्लाह के यहाँ उसकी ज़िंदगी थी . . .'

'ठीक है, अगर भगवान के यहाँ से उसका धागा लंबा है, तो उसे कोई तोड़ नहीं सकता। पर एक बात तुझे मालूम होनी चाहिए कि उसकी माँ एक हिंदू औरत थी, और तेरा एक हिंदू बच्चे को उठाकर ले जाना हम सह नहीं सकते।'

'नहीं, मुझे नहीं मालूम कि वह हिंदू थी कि कौन, वह हिंदू घरों से भी खाना लेकर खाती थी, मुसलमान घरों से भी . . .' रशीद कह रहा था . . .

‘पर वह तो बावली थी, तू तो बावला नहीं।’ बीच में बात काटकर कोई बोल उठा।

‘ठीक है, आप पहले दिन ही उस लड़के को ले लेते, पाल लेते, मैंने कब इनकार किया था! मुट्ठीभर वह पिंजर था! मेरी घरवाली ने जी–जान एक करके छह महीने काटे हैं। अब जब लड़का बच गया है तब आपको भी उसकी याद आई है। अल्लाह का ख़ौफ़ खाइए। रब के नाम पर ही आप उसे पालेंगे, रब के नाम पर ही मैं उसे पाल रहा हूँ, नहीं तो मुझे इससे और क्या हासिल है?’ रशीद ने कुछ इस तरह कहा कि दो–तीन व्यक्तियों के मुख पर यह भाव झलकने लगा कि ‘भई, छोड़ो, जाने दो किस्से को, पालता है पाले, मुफ़्त की बला गले में डाल रखे।’

‘देख, हम बात को बढ़ाना नहीं चाहते। वह न हमारा कोई लगता है, न तेरा कोई लगता है। यह तो धरम का सवाल है, सो तुझे धरम की राह में नहीं आना चाहिए। झूठ–मूठ तू अपनी जान को संकट में डाल लेगा। किसी ने तेरे साथ कुछ बुरा–भला कर दिया, तो हम ज़िम्मेदार नहीं होंगे। सो अपने–आप सीधे रास्ते पर आ जा और लड़का वापस कर दे और जो इतने दिन खिलाने–पिलाने के दो–चार रुपए लेना चाहता हो, वह भी ले ले।’ एक ने कहा।

‘बेशक! बेशक!’ सब बोल उठे।

‘अल्लाह . . . अल्लाह . . .’ रशीद ने दोनों हाथ अपने कानों पर रख लिए . . .

‘महरी खड़ी है, हमारे साथ दो–तीन आदमी और चलते हैं और तेरे घर से लड़के को ले आते हैं। उसे शुद्ध हम अपने–आप कर लेंगे।’

‘मैं एक बार आप सबसे विनती करता हूँ कि उस लड़के पर रहम करें और वह जहाँ है, उसे वहीं रहने दें। मेरी घरवाली उसे अपने पेट के जाये की तरह पाल रही है।’ रशीद ने दोनों हाथ जोड़कर कहा।

'हमने तुझे सीधा रास्ता बता दिया, जो तू ख़ैर चाहता है तो भला आदमी बनकर उठ चल। नहीं तो हम भी जानते है कि सीधी उँगली घी नहीं निकला करता।' दो–तीन आदमी चारपाइयों से उठकर खड़े हो गए।

मकान के भीतर से महरी चादर ओढ़े हुए आ गई। रशीद को खड़ा होना पड़ा, फिर सब रशीद के घर की ओर चल पड़े।

पूरो अपने मकान के दरवाज़े पर खड़ी गली की आहट ले रही थी, जैसे ही उसने रशीद को सिर नीचा किए तीन–चार आदमियों के साथ आते हुए देखा, उसका कलेजा धक से हो गया।

पूरो की आँखों के आगे वह दिन फिर गया, जिस दिन उसकी माँ उससे अलग हो गई थी, जिस दिन उसका पिता उससे बिछुड़ गया था, जिस दिन उसके भाई–बहन उससे छूट गए थे। यह लड़का उसका आत्मीय बन चुका था, इससे बिछुड़ने में भी उतनी ही पीड़ा थी . . .

पूरो ने दौड़कर उस बच्चे को अपनी छाती से चिपटा लिया। रशीद अपने मकान के आँगन में आकर ऐसे खड़ा हो गया, जैसे उसे अपनी कोई सुध–बुध न हो . . .

न रशीद को कुछ कहने की आवश्यकता थी, न पूरो को कुछ पूछने की।

महरी भी एक पल को ठिठक गई, पूरो की छाती से बच्चे को हटा लेना उसे बहुत कठिन लगा . . .

'जल्दी कर, देर हो रही है, फिर हमें भी तो काम पर लगना है।' रशीद के साथ आए हुए आदमियों ने तीखे होकर कहा।

महरी ने दोनों हाथ बढ़ाकर पूरो के हाथ में से बालक को ले लिया। लड़के की मुट्ठी में पूरो का पल्ला आ गया। पूरो को लगा, जैसे वह लड़का अपनी मुट्ठी में भरकर उसका दिल भी लिए जा रहा हो। पूरो का पल्ला साथ खिंचता गया . . .

महरी ने लड़के की मुट्ठी खोलकर पल्ला छुड़ा दिया। लड़का चिल्लाकर रोने लगा, शायद अनजाने हाथों के स्पर्श से . . .

पूरो टूटी हुई टहनी की तरह दीवार का सहारा लेकर बैठ गई। गली के मोड़ से बच्चे के रोने की आवाज़ आ रही थी।

अँधेरा पड़ने तक पूरो के स्तनों से दूध की धारें निकलने से उसकी कमीज़ गीली हो गई थी। पूरो कहती थी, लड़का ज़रूर भूख से बिलख रहा होगा, तभी तो उसकी छातियों से दूध की धारें बह रही थीं . . .

रात को पूरो के यहाँ न किसी ने कुछ पकाया, न किसी ने कुछ खाया . . .

जब जावेद सहज स्वभाव से पूछता, 'अब्बा! हमारे काके को कहाँ ले गए हैं?' या 'अब्बा! हमारा काका कब आएगा?' तब पूरो और रशीद निरुत्तर–से जावेद की ओर देखकर रह जाते, लज्जित से सिर झुकाकर चुप हो जाते . . .

पूरो की आँखों के आगे कम्मो का चेहरा तैर जाता, उसकी आँखों के आगे रह–रहकर लड़के का चेहरा आता। पूरो सोचने लगी, वह टूटे हुए फूलों को क्यों अपने गले से लगाकर रखती है? टूटी हुई कलियों पर पानी छिड़क–छिड़ककर उन्हें क्यों हरा करती है? सभी पराये थे। उसका अपना कोई न बन सकता था। रशीद का चेहरा उसे अच्छा लगने लगा, एक रशीद ने ही उसका साथ निबाहा था। यद्यपि सबसे संबंध तुड़वाने वाला भी वही था, फिर भी वह उसका अपना था, उसके जावेद का बाप था..

तीन दिन बीत गए। चौथे दिन सारे गाँव में एक ही चर्चा चल रही थी, 'लड़का नहीं बचेगा, लड़का तो मरने को पड़ा है, लड़के का बुरा हाल है। बस, दो घड़ी का मेहमान है। जो दूध की घूँट उसके अंदर जाती है, वैसी की वैसी बाहर निकल आती है।'

पूरो दीवारों से लग–लगकर रोती थी। उसके स्तन दूध इकट्ठा हो जाने से अकड़ने लगे थे और उधर वह बच्चा था कि दूध न मिलने से सूख गया था। लड़के के मुँह और स्तन के दूध के बीच बड़ी दूरी पड़ गई थी . . .

'लड़के का दूध छुड़ा दिया है, लड़के की आह पड़ जाएगी।'

'अगर लड़का मर गया तो गाँव-भर पर साढ़ेसाती आ जाएगी।'

'मैं तो अपने आदमी से कहती हूँ कि भले आदमी बनो और जहाँ से लड़का लाए हो, वहीं छोड़ आओ।'

'हम तो बाल-बच्चेदार हैं, किसी की आह अच्छी नहीं होती।'

'मेरा मरद ही मनमानी करता है, मैं तो पहले ही मना कर रही थी कि परायी आग में कूदकर तुम क्या लोगे?'

'कहते है, कल रात महरी ने लड़के को ठंडा दूध पिला दिया। बस, तब से ही लड़का कुछ का कुछ हो गया।'

'भला भैंस का दूध इतने छोटे बालक को पच सकता है! लड़के को उल्टियाँ आने लगीं।'

'नहीं जी, नहीं लड़का हुड़क उठा है। जब से हुआ, उसी का चेहरा देखता रहा, अब और किसी से परचे तो कैसे परचे!'

'बिचारा बेज़बान है!'

गाँव की हिंदू स्त्रियों के मुँह पर यही बातें थीं। पूरो आहट लेती थी, चौंक-चौंक पड़ती थी। उसका जी करता था कि वह दौड़ी-दौड़ी धर्मशाला चली जाए, उन लोगों से विनती करे कि इस तरह उसे न मारो। लड़के को मेरी झोली में डाल दो, वह ठीक हो जाएगा . . .

पर पूरो को साहस न होता था, उसके पैर न उठते थे। पूरो को आशा नहीं थी कि मज़हब के पत्थर जैसे कान उसकी विनती सुन लेंगे . . .

उसके अगले दिन भी कोई बात न हुई . . .

फिर अचानक ही रशीद के मकान के आँगन में दो-तीन आदमी आकर खड़े हो गए . . .

'यह लो इसकी जान तुम्हारे हवाले करते हैं, बच सके, तो बचा लो!' और उन्होंने एक सफ़ेद कपड़े में लिपटे हुए पीले, प्राय: निर्जीव बालक को रशीद के हाथों मे थमा दिया . . .

एक बार तो रशीदे के मन में आया कि वह कसकर एक चपत उनके मुँह पर मारे, 'मेरी छह महीने की ख़िदमत के लिए तुम मुझे चार ठीकरे देते थे, अब उसके पैर क़ब्र में लटकाकर मेरे हवाले करने आए हो! जाओ, जहाँ मर्ज़ी आए, ले जाओ।'

पर पूरो का उल्लसित चेहरा देखकर रशीद सब कुछ पी गया।

एक सप्ताह के भीतर ही सारे गाँव ने देखा कि लड़का पूरो के आँगन में अच्छा भला खेल रहा था . . .

रत्तोवाल

रहीमे की बूढ़ी माँ की आँखें दिन–दिन ख़राब होती जा रही थीं। रहीमे की एक बीवी सात महीने की बच्ची को छोड़कर मर गई थी, दूसरी की अपनी सास से कम बनती थी। रहीमे की माँ अपनी आँखों को और भी रोती थी। अभी तक वह चौके के दस काम करके चलती थी, रुई कात–कातकर उसने दरियों से ट्रंक भर लिए थे, महीन सूत कात–कातकर उसने दुतहियों और चौतहियों से घर भर दिया था। अभी तक वह अपने बुड्ढे हाथों से अनाज फटक लेती थी, गेहूँ पीस लेती थी, कपास बेल लेती थी, सुबह के समय दही बिलोने बैठ जाती थी, फिर भी उसकी बहू बुराइयाँ निकालती रहती थी। बुढ़िया सोचती थी कि वह आँखों से मोहताज हो गई, तो उसे कोई मिट्टी के ठीकरे में भी पानी न देगा . . .

रहीमे की माँ को यही चिंता दिन–रात सताती थी। एक दिन उसने पूरो से मिन्नता करते हुए कहा कि जो वह कोई पंद्रह दिन के लिए उसके साथ चली चले, तो वह अपनी आँखों का इलाज कराकर देख ले, कौन जाने उसकी सुनवाई हो जाए . . .

'अम्मा! वह सयाना कहाँ रहता है?' पूरो ने पूछा।

'सयाना नहीं है, बेटा! एक बावड़ी है, उसे पीरों का वरदान है। कहते हैं कि उसके पानी से रोज़ सवेरे नमाज़ पढ़कर आँखें धोने से कुछ ही दिनों में आँखें भली–चँगी हो जाती हैं। सुना है कि कइयों की बंद आँखें भी वहाँ जाकर खुल गईं। बावड़ी की मिट्टी भी आँखों को लगाते हैं।'

'अम्मा! वह बावड़ी है कहाँ? '

'रत्तोवाल गाँव में है। एक साईं वहाँ रहता है। आए–गए मरीज़ों के लिए उसने वहाँ बावड़ी के पास तंबू लगवाए हुए है।'

पूरो के कानों मे किसी ने जैसे सलाख भोंक दी। रत्तोवाल . . . रत्तोवाल . . . छत्तोआनी के खेतों में खड़े होकर जिस रत्तोवाल को जाती हुई कच्ची सड़क को पूरो चाव से देखा करती थी, जिस सड़क पर से कोई पूरो को लेने के लिए घोड़ी पर चढ़कर आने वाला था, जिस सड़क पर से गाँव के चार कहार पूरो की डोली ले जाने वाले थे! . . . रत्तोवाल . . . रत्तोवाल . . . ।

पूरो के पाँवों से वह पथ परचित न था, पूरो की आँखों ने वह गाँव देखा न था। पूरो को एक भूला हुआ नाम स्मरण हो आया . . . रामचंद . . . रामचंद . . .

पूरो के भीतर से एक धुआँ–सा उठा, उसके मन में उलाहने उठने लगे, 'एक बार उसका चेहरा तो देख लूँ, कैसा है। एक बार उसका गाँव तो देख लूँ, कैसा है . . .'

'अच्छा, अम्मा! मैं तुम्हारे साथ चलूँगी!' पूरो के होंठों से अनायास ही निकल गया, फिर लज्जित–सी होकर पूरो उसकी ओर देखने लगी। पूरो को लगा, जैसे रहीमे की माँ ने उसके मन की बात जान ली हो।

'साईं, तेरे बच्चे जिएँ, तू दूधों नहाए पूतों फले!' रहीमे की माँ के दिल से आशीर्वाद निकलने लगे। कौन जाने उसके मन में यह भी आया कि अच्छा होता जो मेरी बहू भी ऐसे ही मीठा बोल सकती!

'अम्मा, जावेद के अब्बा को तुम मना लेना, मैं नहीं कहूँगी।' पूरो ने लजाते हुए कहा।

'ले देख, वह तो मेरा बेटा है, कभी इनकार कर सकता है! मेरी ख़ातिर चार दिन काट लेगा।' रहीमे की माँ ने कहा।

पूरो जानती थी कि रशीद उसकी बात को कभी नहीं टालता, पर रशीद के सामने रत्तोवाल का नाम लेना ही बस कठिन था . . .

उस रात पूरो के मन में परस्पर विरोधी विचार आते रहे, 'वह मेरा कौन लगता है? मैं तो उसकी ओर आँख उठाकर भी नहीं देखूँगी। पराया मर्द, मुझे उसके गाँव से क्या लेना . . . वह गाँव में रहता है तो रहा करे, अम्मा अपना इलाज कराएगी, फिर हम लौट आएँगे . . . तेरा ही मन उसके लिए उमंग रहा है, उसको तो बुरे सपने की भाँति कभी तेरा ध्यान भी न आया होगा . . .'

पूरो सोचती, उस गाँव में जाकर रात पड़ते ही उसके भीतर जैसे कोई सोई हुई क़ब्रों को खोदेगा! उसके भीतर जैसे कोई गड़े मुर्दों को उठाएगा! इन कफ़नों को उतारने से क्या लाभ? वह रत्तोवाल नहीं जाएगी। वह रत्तोवाल के रास्ते से भी नहीं गुज़रेगी।

पूरो हाँ या ना कुछ न कहती थी . . .

जावेद अपने पिता को न छोड़ता था। रशीद ने उसे साथ न भेजा। दोनों औरतों को पहुँचाने के लिए रहीमे के यहाँ का एक पुराना काम करने वाला अशरफ साथ गया। पूरो छोटे लड़के को साथ ले गई।

अशरफ अगले फट्टे पर इक्केवाले के साथ बैठ गया। सारा सामान पीछे रखकर पूरो और अम्मा आमने–सामने फट्टों पर बैठ गईं। इक्के के पहले हिचकोलों से ही पूरो का लड़का उसकी गोदी में सो गया। आगे बैठे हुए अशरफ ने पूरो के लड़के को उठा लिया। इक्का रत्तोवाल की सड़क पर चला जा रहा था . . .

घोड़े की टापों की आवाज़ जैसे पूरो के सिर पर चोट–सी लग रही थी। पूरो ने अपना माथा इक्के की बाहीं से लगा लिया। वह ऊँघ गई . . . सजी हुई डोली में। चाँदी के झब्बे वाला एक गावतकिया सिर के नीचे रखे हुए पूरो लेटी हुई थी। चूड़े के बोझ से उसकी बाँहें कठिनाई से उठती थीं। हवा के एक झोंके से डोली का पर्दा ज़रा सरक गया। उस मद्धम-सी रोशनी में उसने देखा, पूरो के हाथों पर मेहँदी ख़ूब खिली हुई थी। कितनी खारी मेहँदी थी! पूरो की सहेलियों ने कितनी सारी थोप दी थीं! ये कहार कितने बुरे हैं, न जाने कैसे चलते हैं। डोली में बैठे–बैठे पूरो की कमर दुःखने लगी थी, डोली में हिचकोले भी कैसे आते हैं! पूरो के गुंथे हुए सिर से उसका पल्ला सरक गया। पूरो ने हाथ उठाकर पल्ला ठीक किया। हाथ में पहने हुए आभूषणों की छन–छन सारी डोली में गूँज उठी। पूरो का जी बैठा जा रहा था। कल से उससे कुछ खाया नहीं गया था। पूरो की माँ ने मठरियों की एक डलिया उसकी झोली में डाल दी थी, पूरो का मन किया कि मठरी का एक टुकड़ा मुँह में डाल ले, उसका जी ठिकाने नहीं आ रहा था . . .

अम्मा पूरो का कंधा पकड़कर हिला रही थी, 'ठीक दुपहरी सिर पर आ गई, एक–दो कौर तो मुँह में डाल ले।'

इक्केवाले ने इक्का खड़ा किया हुआ था। रास्ते में एक छोटे-से गाँव के पास खाने–पीने के लिए वे लोग रुके थे। पूरो काँपकर जाग उठी। न कोई

डोली थी, न आभूषण थे, न मेहँदी थी, न चूड़ा था। पूरो इक्के के पिछले फट्टे पर अम्मा के सामने बैठी हुई थी . . .

पूरो ने रास्ते के लिए घी का हाथ लगाकर पराँठे बनाकर रख लिए थे। अम्मा ने वही गठरी खोली। अशरफ को चार पराँठे दिए, इक्केवाले को दिए, आप लिए, पूरो के आगे धर दिए . . .

पूरो के गले से कौर नहीं उतरता था, पराँठे के घी से पूरो को मिचलाहट–सी आती थी . . .

'थोड़ा ही रास्ता रह गया है, जल्दी से निबटा लें। रात को घोड़ी को साँस दिलाकर मुझे सवेरे ही लौटना है।' इक्केवाला कह रहा था। फिर सब सवारियाँ इक्के में बैठ गईं। पूरो ने अपना माथा इक्के की बाँह से लगा लिया। पूरो ने रात भर जागकर जाने का सब सामान असबाब बाँधा था, उसे रात भर का उनींदा था . . .

. . . डोली फिर हिचकोले खाने लगी। रत्तोवाल का रास्ता ख़त्म होने में न आता था। एकाएक बाजों और शहनाइयों की आवाज़ बहुत ऊँची हो गई। डोली के इधर–उधर बाजे बज रहे थे। पूरो ने समझा, रत्तोवाल आ गया है। . . . बाजे और ज़ोर से बजने लगे . . . लड़कियाँ गीत गा रही थीं . . . एक स्त्री ने उसका घूँघट उठाया . . . फिर किसी ने एक छोटा–सा बालक उसकी गोदी में डाल दिया। बालक अपरिचित गोदी में आकर रोने लगा, स्त्रियाँ खिलखिलाकर हँस रही थीं, वह बालक का शगुन कर रही थीं . . .

अम्मा उसके कंधे को हिला रही थी, 'आज तुझे बड़ी नींद आ रही है। देख, लड़का रो रहा है।'

पूरो फिर कँपकँपी लेकर जागी। इक्के के पिछले फट्टे पर बैठी हुई अम्मा उससे बात कर रही थी . . .

'हमारे पास से इतनी भारी बारात गुज़री है, मार बाजे ही बाजे बज रहे थे, आपकी आँख नहीं खुली?' अशरफ कह रहा था।

'तुझे सोती को उसने लड़का पकड़ाया, वह भी तूने पकड़ लिया, फिर भी तेरी नींद नहीं टूटी . . .' कहते-कहते अम्मा हँसने लगी।

इक्का रत्तोवाल के निकट पहुँच गया था। जब बावड़ी के पास जाकर सब लोग इक्के से उतरे तो सामने ही साईं का घर दिखाई दिया। तंबुओं की जगह अब साईं ने दो-तीन कच्ची कोठरियाँ बनवा दी थीं, जिनमें दूर-पार के आए हुए मुसाफ़िर रहते थे। बावड़ी की मिट्टी, बावड़ी का पानी आँखों को लगाते थे, मनोकामना पाते थे।

साईं ने इन नए मुसाफ़िरों को एक कोठरी दिलवा दी। अशरफ ने गठरी, पोटली सब सामान कोठरी में रखा और अम्मा को लेकर साईं के पास चला गया। पूरो ने कोठरी में पड़ी हुई चारपाई पर खेस बिछाकर लड़के को लिटा दिया, फिर वह दरवाज़े पर खड़ी होकर सामने खेतों के पार गाँव के घरों की ओर देखने लगी . . .

. . . मैं रत्तोवाल आ गई, मुझे किसी ने बुलाया नहीं, मुझे एक भी आदमी लेने न आया, किसी ने भी शहनाई न बजाई, किसी ने भी गाना न गाया, किसी ने भी हाथों में चूड़ी न पहनाई, एक भी कौड़ी मेरे हाथों में न छनकी, मेहँदी की एक पत्ती भी मेरे हाथों पर न खिली . . .

गाँव के बाहर इस बावड़ी पर बड़ा सन्नाटा था। पूरो का जी बस में नहीं था। मन करता था कि वह दौड़कर उस गाँव में चली जाए, यहाँ से भाग जाए। रह-रहकर पूरो के मन में उठता, कैसे लोग हैं इस गाँव के! कोई उससे नहीं कहता, 'बैठ जाओ', कोई उससे नहीं कहता, 'जीती रहो!' कोई उससे नहीं कहता . . .

फिर पूरो कुछ संभली। लगा, वह कुछ पागल होती जा रही है। कहीं वह पागलों की तरह गाँव की गलियों में न दौड़ने लगे, कहीं वह अपने कपड़े न फाड़ डाले, कहीं वह चिल्ला-चिल्लाकर बोलने न लगे . . .

साईं ने अम्मा को बताया कि उन्हें वहाँ पूरे तेरह दिन रहना पड़ेगा। उनका नौकर अगले दिन वापस अपने गाँव सक्कड़आली चला गया।

आटा–दाल वे अपने साथ ले आई थीं। पूरो और अम्मा अपनी रोटी आप पकाती थीं। वैसे यदि कोई चाहे, तो साईं की दरगाह से भी भोजन पा सकता था।

पूरो ने गाँव की ओर मुख न किया, फिर गाँव के बारे में पूरो किससे पूछती और क्या पूछती? दिन पर दिन बीतते जा रहे थे। गाँव में वह जाती भी तो किस बहाने? यदि किसी चीज़ की आवश्यकता होती थी तो साईं के नौकर–चाकर वहीं ला देते थे। यह सोचकर पूरो का दिल व्याकुल हो उठता था कि वह गाँव की दहलीज़ तक आकर लौट जाएगी पर गाँव न देख सकेगी। पूरो के मन में आता था कि किसी न किसी तरह से वह जाकर सारा गाँव देख आवे, उसका घर भी देख आवे, उसे भी देख आवे, पर उसे कोई न जान पाए . . . फिर पूरो सोचती, उसे कैसे मालूम होगा कि उसका घर कौन–सा है, वह किसी से पूछे भी तो कैसे, फिर घर को भीतर से कैसे देखेगी . . . फिर पूरो सोचती, उसके घर को देखकर भी क्या लेना है, उसका उस घर से रिश्ता ही क्या है, क्यों उसके मन में ऐसी बातें उठती हैं . . .

पूरो का जी ठिकाने न आता था। एक के बाद एक करके दिन बीतते जाते थे। बैठे–बैठे पूरो को एक भूला हुआ गीत याद आ गया–

जये आये तये टूर चल्ले साडे आयां दी कदर नयीं
हाय रब्बा, साडे आयां दा सबर पवी . . .

कितनी ही बार पूरो की आँखों में आँसू भर–भर आते, वह उन्हें पी जाती। लड़के को अम्मा के पास लिटाकर वह खेतों में घूम आती।

पूरो सोचती, एक बार देखूँ तो पहचान तो लूँ . . .

फिर पूरो सोचती, इतने बरस हो गए हैं, कौन जाने कैसी सूरत हो गई हो! अगर मेरे पास से भी गुज़र जाए, तो मैं क्या पहचान सकूँगी?

खेतों में किसानों से कभी–कभी पूरो पूछ लेती, 'भाई, ये खेत किसके हैं, दो गाजरें लेनी थीं, हम तो मुसाफ़िर हैं।' किसान कभी किसी का नाम लेते, कभी किसी का, रामचंद का नाम कोई न लेता।

और एक दिन किसी ने सचमुच रामचंद का नाम ले दिया। पूरो के पाँव ऐसे हो गए, जैसे धरती में गड़ गए हों!

पूरो का सिर चकराने लगा, उसे लगा, वह उसी मिट्टी पर गिर पड़ेगी, वह उसी मिट्टी पर मिट्टी हो जाएगी . . .

पूरो उसी कीकर के नीचे खड़ी की खड़ी रह गई, उसके पैरों में से जैसे किसी ने प्राण खींच लिए। उसके पैर जैसे जमकर बर्फ़ के ढेले बन गए हों। उस मिट्टी ने जैसे पूरो को कसकर अपनी लपेट में ले लिया हो . . .

पूरो को जान पड़ा, वह खड़ी की खड़ी अनार का पेड़ बनकर उग आई थी, जिनके लाल अनारों को जब भी कोई तोड़ने लगता, वह अँगारे बनकर धरती पर गिर पड़ते, उसके लाल अनारों को जब भी रामचंद तोड़ता, अनार के लाल दाने लहू की बूँदें बनकर उसके कुर्ते पर गिर पड़ते और उसे अनार के पेड़ में से एक आवाज़ सुनाई देती —

मैं बूटा उग्गी होई आं मैं बे मुरादी मोयी हाँ

किसान ने काटे हुए चनों का गट्ठर बनाकर सिर पर धर लिया, पूरो का ध्यान टूटा, उसे याद आया कि जो राजकुमारी अनार का पौधा बनकर उगी थी, उसकी कहानी उसने छोटे होते सुनी थी। पूरो अभी तक न राजकुमारी बनी थी, न अनार का पौधा . . .

'मालिक आ रहा है . . .' कहते हुए किसान चने का गट्ठर लेकर कुएँ की ओर चल दिया . . .

पूरो की आँखों से आँसू बहने लगे। रामचंद जब पूरो के पास से गुज़रा, उसकी आँखें पूरो की ओर उठीं, पूरो का चेहरा आँसुओं से भीगा हुआ था . . .

पूरो को न कीकर की ओट होना याद रहा, न अपने पल्ले से आँसू पोंछ लेना। शायद आँसुओं के बहने से उसे रामचंद का चेहरा भी दिखाई नहीं दे रहा था।

'तुम कौन हो, बीबी? तुम्हें क्या हुआ है?' रामचंद के पैर रुक गए . . .

पूरो कुछ न बोल पाई . . .

'तुम्हें कोई तकलीफ़ है, बीबी?' पूरो के कानों में फिर रामचंद की आवाज़ आई। पूरो की जीभ जैसे किसी ने पीछे खींच ली थी, वह मूर्ति की भाँति खड़ी रही। पूरो के मन में बाढ़–सी उठी, पर उसके मुँह से एक शब्द भी न निकला . . .

रामचंद ठिठक गया। उसने इधर–उधर देखा। शायद वह किसी किसान को सहायता के लिए बुलाता, उसी समय पूरो के पैरों में शक्ति लौट आई और वह चुप की चुप, गुमसुम, खेतों से बाहर चली गई . . .

पूरो चुपचाप आकर अपनी कोठरी में पड़ी रही। उसी शाम सक्कड़आली से अशरफ आ गया था। अगले दिन तड़के ही उन सबको अपने गाँव लौटना था . . .

उस रात पूरो की आँख न लगी। 'एक शब्द भी मैंने उससे न कहा . . . पूछता था, तुम कौन हो, बीबी! . . . मैं उसे क्या बताती, मैं कौन हूँ! . . . मेरी व्यथा को बोलकर कौन बता सकता है! . . . कभी सोते, उठते, बैठते उसे मेरी रोती हुई आँखों का ध्यान आएगा तो वह सोचेगा कि वह कौन थी . . . फिर कौन जाने उसे कोई बिसरी हुई कहानी याद में आ जाए . . . उसकी मरी हुई पूरो उसे याद आ जाए . . . फिर शायद उसकी आँखों से दो–एक आँसू गिर पड़ें . . . !' फिर पूरो सोचती,

'यदि मैं भी उस राजकुमारी की तरह अनार का पौधा बन सकती, उसके खेतों में उग जाती, वह मेरे अनारों को तोड़ता, फिर मैं अनारों में से बोलती . . . न जाने ये सब किस युग की बातें हैं . . . आजकल तो कोई पौधा नहीं बनता . . .'

रात का पिछला पहर अभी भोर नहीं बना था कि जैसे किसी ने पूरो का हाथ पकड़कर उसे चारपाई से उठा दिया। पूरो बाहर खेतों को चली गई। रात के अँधेरे में भी पूरो ने उस जगह को पहचान लिया, उस कीकर को पहचान लिया, जहाँ कल साँझ को रामचंद उसके सामने खड़ा था। झुककर पूरो ने उसी स्थान पर से उसके पैरों की धूल उठा ली और अपनी आँख बंद करके एक चुटकी अपनी आँखों से लगा ली . . . आँखों से लगे हुए पूरो के दोनों हाथ किसी ने अपने हाथों में ले लिए। पूरो ने चौंककर देखा, रामचंद उसके सामने खड़ा था . . .

'क्या तू पूरो है?' रामचंद पूछ रहा था, 'सारी रात यही एक नाम मेरे दिमाग में चक्कर लगाता रहा, सच–सच बता, तेरा नाम पूरो है?'

पूरो का मन कहता था, वह रामचंद के पैरों पर गिर पड़े, वह जी भरकर रोवे और कहे कि वह पूरो है, चीख–चीखकर बताए कि वह पूरो है। वह उसी की पूरो है, जिसे लेने उसने घोड़ी पर चढ़कर जाना था, जिसके साथ उसकी भाँवरें पड़नी थीं। वह वही पूरो है, जिसे उसके घर डोली चढ़कर आना था . . . वही पूरो है, पूरो पूरो की जीभ को आज भी किसी ने खींच लिया। पूरो एक भी शब्द न बोल सकी। रामचंद के हाथों में से उसने अपने हाथ छुड़ा लिए। और वैसी, गुमसुम, वहाँ से लौट चली . . .

'जो तू पूरो है, तो मुझे एक बार बता जा!' रामचंद ने पूरो के पीछे तेज़ कदम बढ़ाते हुए कहा, 'मैं सारी रात इन खेतों में घूमता रहा। पता नहीं क्यों, मेरा दिल गवाही देता था, तू फिर आएगी। मेरा दिल गवाही देता है, तू पूरो है।'

'पूरो तो कब की मर चुकी।' न जाने कैसे पूरो के मुँह से निकल गया। उसने पीछे मुड़कर भी न देखा, आगे बढ़ती गई . . . अम्मा ने बावड़ी के साईं को मिठाई का चढ़ावा चढ़ाया। अम्मा और उसके अन्य साथियों से लदा हुआ इक्का धूप चढ़ने से पहले सक्कड़आली की सड़क पर पड़ गया . . .

एक आग

एक–एक करके कई दिन बीत गए, दिन–दिन करके महीने, और महीना–महीना करके कई बरस बीत गए।

दूध की भरी हुई काढ़नी को जब पूरो चूल्हे पर कढ़ने के लिए रखते समय सूखे कंडे जोड़ती और सारा दिन जलने के लिए कंडों में धीमी–धीमी आग सुलग जाती, तब पूरो को लगता कि उसकी छाती की भीतर वाली तह में कोयले की एक चिनगारी पड़ी हुई है, जिससे न जाने कितने दिनों से उसके अंतर्मन में कुछ आग-सी सुलग रही है . . .

कभी पूरो सोचती कि आजकल उसका खाया–पिया उसकी छाती पर ही धरा रहता है। उसे अपने गले में कुछ अड़ा हुआ मालूम होता। दो–तीन बार बासी पानी के साथ उसने चुटकी भर–भरकर अजवायन भी फाँकी थी। कभी पूरो सोचती, मेरे अंदर गरमी हो गई है, उसने तीन–चार दिन कच्ची लस्सी के कटोरे भर–भरकर पिए। कभी पूरो सोचती थी, कौन जाने माँ का जी कैसा हो! पता नहीं क्यों उसके मन में ऐसे विचार उठते थे!

इन्हीं दिनों एक दिन जब रशीद घर आया, उसका चेहरा उतरा हुआ था . . .

रशीद ने घर में कुछ न कहा। पूरो से बातें करता रहा, जावेद से मदरसे की बातें करता रहा, छोटे लड़के के साथ हँसता–खेलता रहा। खाना खाते समय पूरो रशीद की ओर देखती रही। उसे लगा, जैसे कौर रशीद के गले से नीचे नहीं उतर रहा है। पानी के घूँट के साथ रशीद ने कुछ कौर नीचे उतार लिए। रशीद के मन की हालत पूरो से छिपा न रह सका . . .

पास–पास पड़ी हुई चारपाइयों पर लेटने के बाद पूरो ने रशीद के जी का हाल पूछा . . .

'आज मेरे गाँव से एक आदमी आया था, हमारे अपने खेतों पर काम करता है।' रशीद ने एक पल चुप रहकर कहा।

'छत्तोआनी से?'

'हाँ।'

'फिर?'

'वह कह रहा था कि हमारी कटी हुई फसल के ढेर लगे हुए थे, मनों अनाज ढेरों का ढेर पड़ा हुआ था . . .'

'फिर?'

'किसी ने रातोंरात आग लगा दी।'

'क्यूँ?'

'सारी फसल में से एक दाना भी नहीं बचा।'

'किसी ने जानबूझकर लगाई?'

'शक तो ऐसा ही है।'

'ऐसा कौन था?

'वह आदमी कह रहा था, आग की लपटों से सारा आसमान लाल हो गया था।'

'फिर अब? हमारा जो हिस्सा था, सो तो था ही, वे बिचारे क्या करेंगे?' उन बिचारों से पूरो का अभिप्राय रशीद के भाई, उसके चाचा–ताउओं से था, जिनका फसल में साझा था।

रशीद चुप हो गया। पूरो भी जैसे सोच में उतर गई। बच्चे तो सो गए थे, पर रशीद और पूरो की आँखों में नींद नहीं थी।

'पर दूसरे का घर फूँककर किसी को क्या मिला?' पूरो ने कई बार रह–रहकर अपने मन में सोचा। रशीद चुप रहा। पूरो देखती रही, कभी रशीद दाईं करवट लेता, कभी बाईं, फिर सीधा लेट जाता। कभी–कभी वह अपनी आँखें मींचकर भी लेटा रहा, पर नींद उसके पास न फटकती थी। कई बार उठकर रशीद ने पानी भी पिया।

'लड़के को अलग चारपाई पर लिटा दे, मुझे आज इसके पास नींद नहीं आती।' रशीद ने कहा।

जावेद अब्बा के पास सोता था और छोटे लड़के को पूरो अपने पास सुलाती थी। पहले कभी रशीद ने यह बात न कही थी। पूरो को आश्चर्य तो हुआ, पर उसने चुपचाप जावेद को उठाकर अलग चारपाई पर लिटा दिया।

फिर भी कितना ही समय बीत गया, रशीद करवटें बदलता रहा, पर नींद उसकी आँखों के पास न आई . . .

'एक उड़ती–उड़ती बात सुनी है, पता नहीं, सच है या झूठ।' रशीद ने लेटे–लेटे कहा।

'क्या?' पूरो ने चौंककर पूछा।

रशीद फिर चुप हो गया, जैसे अपने मन में निर्णय कर रहा हो कि बात पूरो को बतानी चाहिए या नहीं।

रशीद बड़ी देर तक चुप रहा। पूरो अपनी चारपाई से उठकर रशीद की चारपाई पर जा बैठी।

'सुना है कि गाँव में एक अपरिचित जवान आया था। वह किसी से बहुत मिला–जुला नहीं। गाँव के लोगों को शक है कि शायद वह . . . वह तेरा भाई था।'

'मेरा भाई!' पूरो अनायास बोल उठी।

'कुछ कहा नहीं जा सकता। मुझे तो गाँव गए भी कितने दिन हो गए हैं। वह जो आदमी आया था, वह ये सब बातें बतला रहा था।' कहकर रशीद फिर चुप हो गया।

पूरो के सिर में जैसे चक्कर आने लगे!

'मेरा भाई? . . . मेरा भाई अब जवान हो गया होगा। मुझे उसकी सूरत देखे दस–बारह बरस हो गए हैं। कौन जाने अब देखने में कैसा लगता हो! उसे अचानक देख लूँ तो शायद पहचानूँ भी नहीं। मसें भीगने लगी होंगी। नौ–दस बरस का तो यह जावेद ही होने को आया।' पूरो के मन में अनेक विचार उठने लगे।

रशीद ने उसे केवल इतना और बताया कि पूरो – हर के पुराने मकान के संबंध में उसने किसी आदमी से पूछा था कि यह घर किसका है, पर अपने संबंध में अपने मुँह से उसने किसी को कुछ नहीं बताया। लोगों को केवल शक ही है। किसी ने अपने कानों से कुछ नहीं सुना।

क्या सचमुच वह गाँव आया होगा? उसे मेरा ध्यान आया होगा, उसकी बहन, उसकी अपनी बहन, उसकी सगी माँ जाई, पूरो के मन में उथल-पुथल होने लगी, आँखों में आँसू आ गए।

फिर वह आग लगने का दुःख भूल गई, जले हुए गेहूँ की राख में से माँ जाए भाई-बहनों का स्नेह उभरने लगा। प्रेम की एक चिनगारी दिल में चमकने लगी।

'कौन जाने उसने आग लगाई हो, शायद अपने भरे हुए दिल का गुबार निकालने के लिए एक बदला लिया हो! उसकी जवान काया में नया लहू चलता होगा। कौन जाने उसे बहन के दुःख का ध्यान व्याकुल करता हो . . . मैं एक बार उसका चेहरा देख लेती। कौन जाने मेरे भाग्य में क्या लिखा हुआ है।' ऐसे ही पूरो सोचती रही . . .

फिर उसके मन में चिंताएँ आने लगीं। एक घड़ी पहले पूरो का संबंध उसके साथ था, जिनका मनों अन्न जलकर राख हो गया था और एक घड़ी बाद पूरो का अपनत्व उसके साथ हो गया था, जिसने शायद उस अन्न को जलाकर राख कर दिया था . . .

'आग लगाने वाला कहीं वह ही न हो! . . . कहीं आग किसी और ने लगाई हो और शक-शुबहे में वह पकड़ा जाए . . . चिंता बढ़ने लगी। कुछ भी हो, वह अपने भाई की कुशलता चाहती थी। वह सोचती थी, कौन जाने उसके भाई के दिल में दुःख और प्रेम की कोई आग जल रही हो, उसी जलती आग में से उसने एक चिनगारी खेतों को लगा दी हो। शायद उसके भाई को यह भी पता न होगा कि रशीद छत्तोआनी में नहीं रहता . . .'

पूरो निढाल-सी अपनी चारपाई पर लेट गई। विचार उसके मन में डूबते-उतराते रहे . . . ,

जब पूरो की आँख लगी, उसके सामने आग ही आग लगी हुई थी, नीचे धरती पर घास के तिनकों से लेकर पीपल की-सी ऊँचाई तक, सब कुछ

जल रहा था। फिर पूरो ने सपने में देखा, एक सुंदर नवयुवक आग की ऊँची उठती हुई लपटों के पास बैठा अपने हाथ ताप रहा . . .

पूरो चौंककर जाग उठी, बदन का जोड़–जोड़ दुःख रहा था।

पूरो को लगा, इतने दिनों से छाती में जो धुकधुकी–सी लगी हुई थी, जिसके लिए वह कभी अजवायन फाँकती थी, कभी कच्ची लस्सी पीती थी, आज उसमें से लपटें निकल–निकलकर उसके बदन को जला रही थीं, पर पूरो की समझ में नहीं आता था कि इस आग से उसके बदन को सेंक लग रहा था या कि उसके भाई के स्नेह की ज्योति जल रही थी।

1947

जिस तरह खरबूजा फाँक–फाँक हो जाता है, उसी प्रकार शहरों में गाँवों में मनुष्यों से मनुष्य कटते जाते थे . . .

जैसे हवा के साथ उड़–उड़कर धूल आती है, वैसे ही आस–पास के कस्बों से ख़बरें आती थीं। लोग मारे जा रहे हैं, घर के घर जल रहे हैं। पड़ोसी को पड़ोसी मार रहा है, राह चलते को राह चलता। लोगों की जान सुरक्षित नहीं थी, माल सुरक्षित नहीं था . . .

पूरो सब कुछ आँखों से देखती थी, कानों से सुनती थी। उसके अपने गाँव में और आस-पास के गाँवों में भी लोग लोहा इकट्ठा कर रहे थे, लोहे पर शान धर रहे थे, अपने घरों की छतों पर ईंटें इकट्ठी कर रहे थे, भाले और बरछियाँ संभाल-संभालकर अपनी कोठरियों में रख रहे थे . . .

'यहाँ हमारा अपना राज होगा, यहाँ हमारी अपनी हुकूमत होगी' हर एक यही कहता था। 'यहाँ हम हिंदू का बीज भी रहने नहीं देंगे' लोग चौराहों पर खड़े हो-होकर कहते थे . . .'

'कभी ऐसा होते भी सुना है!' पूरो बार-बार सोचती। 'भला इतनी सृष्टि जाएगी कहाँ?' पूरो रह-रहकर सोचती . . .

'लोगों को एक जुनून आता है', पूरो कहती 'चार दिनों की आँधी है, आएगी और चली जाएगी।'

पर लोग थे कि पागल हो गए थे। बस, बुरी-बुरी बातें ही करते थे। कहीं से भी भली ख़बर न आती थी, फिर पूरो ने सुना, शहरों में गलियाँ लहू से भर गई हैं, बाज़ार के बाज़ार मुर्दों से पट गए हैं, सड़ती हुई लाशों से बदबू उठने लगी है, उन्हें कोई जलाता-फूँकता नहीं, कोई उन्हें दबाता-गाड़ता नहीं। लोग कह रहे थे, इतने मुर्दों की सड़ांध से सारे देश में बीमारी फैल जाएगी . . .

फिर उस वर्ष की पंद्रह अगस्त बीत गई। गाँव में ढोल बजे, चाँद और तारों वाले हरे रंग के झंडे लगे। रोज़ मस्जिद में लोग इकट्ठे होते थे। गाँव के हिंदुओं के चेहरों पर जैसे किसी ने हल्दी फेर दी थी।

फिर पूरो ने सुना, कुछ शहरों में सीमाएँ बना दी गई थीं। इनके एक ओर मुसलमान रह गए थे, दूसरी ओर सारे हिंदू चले गए थे, फिर पूरो ने सुना, उधर दूसरी ओर से मुसलमान मरते-कटते चले आ रहे थे, बहुत-से वहीं मर गए थे, बहुत-से रास्ते में ख़त्म हो गए थे, बहुत से इधर पहुँचकर मर रहे थे . . .

पूरो के कान सुन–सुनकर जैसे फट चले हों! सुना, मुसलमान हिंदुओं की लड़कियाँ और हिंदू मुसलमानों की लड़कियों को उठाकर ले गए हैं। कइयों ने उन्हें अपने घरों में डाल लिया है, कइयों ने उन्हें जान से मार डाला है और कइयों को वे नंगा करके गलियों और बाज़ारों में घुमा रहे हैं . . .

गुजरात ज़िले के उन गाँवों में, जो पूरो के गाँव के आस–पास लगे हुए थे, सबसे पीछे उपद्रव हुए। पूरो के अपने गाँव वाले, उसकी अपनी बिरादरी वाले, पूरो के अपने रशीद को छोड़कर, रशीद के सारे संबंधी–कुटुंबी भी, वहशी बने फिरते थे। पूरो को साहस न होता था और न रशीद के बस की बात थी कि किसी को कुछ समझावें–बुझावें . . .

उनके आसपास के गाँवों के हिंदू भागने लगे। उनकी गायें अपने खूँटों से बँधी रह गईं, उनकी भैंस भाँ–भाँ डकराने लगीं, उनके भरे–भराये घर पीछे छूट गए, उनके खेत मालिकों के मुँह ताकते रहे। वे रातों–रात भागते, वे गाँवों की सीमा पर मारे जाते, वे बीसियों कोस चलते रहने के बाद मरे हुए मिलते . . .

पूरो के गाँव के सारे हिंदू अपनी एक बड़ी हवेली में चले गए थे। यदि कोई खिड़की या दरवाज़ा खोलकर बाहर आ जाता, तो मौत उसे अपने झपेटे में ले लेती थी। कहते थे कि हवेली में उन्होंने अनाज इकट्ठा किया हुआ था। कोई हिंदू बाहर देखता नहीं था, कोई हिंदू स्त्री बाहर झाँकती नहीं थी।

पूरो के गाँव में केवल मुसलमान रह गए थे। गाँव में हिंदू पशुओं की भाँति हवेली में फँसे हुए थे। एक दिन उसके गाँववालों ने मिलकर हवेली पर हमला किया। उन्होंने निश्चय किया था कि वह हवेली वालों का नाम मिटा देंगे, उन्होंने बंद घरों के ताले तोड़ डाले, अलग–अलग घरों के मालिक बन बैठे। यदि कभी रात–बिरात कोई हवेली से नीचे उतरता, अगले दिन गाँव में उसकी लाश पड़ी दिख जाती थी . . .

एक दिन उन्होंने न जाने किस तरह हवेली के दरवाज़ों और खिड़कियों पर तेल डाला और तेल से भीगे हुए दरवाज़ों और खिड़कियों में आग भी लगा दी, जब हिंदू मिलिटरी के ट्रक उनके गाँव में पहुँच गए . . .

हवेली के भीतर से आग की लपटों जितनी ऊँची चीखें भी निकल रही थीं, जब मिलिटरी ने आग बुझाई और भीतर से लोग निकाले। उन घबराए हुए लोगों को उन्होंने लारियों में बैठा दिया। आधे जले हुए तीन आदमी भी निकाले गए, जिनके शरीर से चर्बी बह रही थी, जिनका मांस जलकर हड्डियों से अलग–अलग लटक गया था। कोहनियों और घुटनों पर से जिनका पिंजर बाहर को निकल आया था। लोगों के लारियों में बैठते–बैठते उन तीनों ने जान तोड़ दी। उन तीनों की लाशों को वहीं फेंक कर लारियाँ चल दीं। उनके घर वाले चीखते–चिल्लाते रह गए, पर मिलिटरी के पास उन्हें जलाने–फूँकने का समय नहीं था।

पूरो का गाँव ख़ाली हो गया था। पराई कौम का कोई आदमी भी बाकी नहीं रह गया था। केवल तीन लाशें हवेली के बाहर पड़ी हुई थीं। जिनके पिंजर पर बचे हुए मांस को दिन में ही गाँव के कुत्तों और कौवों ने नोच लिया था . . .

पूरो की आँखों में जैसे किसी ने सीसे के कंकड़ डाल दिए हों। एक दिन पूरो ने दस–बारह मनचले नवयुवकों को एक नंगी जवान लड़की को अपने आगे करके, दोनों हाथों से ढोल–ढमाके बजाते अपने गाँव के पास से गुज़रते देखा। न जाने वे किस गाँव से आए थे और किस गाँव को चले गए . . .

पूरो को लगता, इस दुनिया में जीना नहीं हो सकता। इस युग में लड़की का जन्म लेना ही पाप है . . .

उसी दिन संध्या के समय पूरो को गन्ने के खेत में छिपी हुई एक लड़की दीख पड़ी, जिसे रात के घोर अंधकार में वह अपने घर ले आई . . .

उस लड़की ने पूरो को बताया कि पास के गाँव में एक कैंप खुला हुआ था, जहाँ गाँव के हिंदू इकट्ठे हो गए थे और प्रतीक्षा कर रहे थे कि मिलिटरी उन्हें यहाँ से निकाल कर कब दूसरी ओर हिंदुस्तान ले जाएगी। इस ओर की फौज कैंप की रखवाली करती थी, पर रात को कुछ मुसलमान चोरी–छिपे आकर कैंप की जवान लड़कियों को उठाकर ले जाते थे और अगले दिन तड़के ही उन्हें वापस छोड़ जाते थे . . .

उस लड़की ने पूरो को बताया कि पूरी नौ रातें हो गई थीं, उसे रोज़ रात को नए–नए लोगों के घरों में जाना पड़ा था। पिछली रात वह किसी तरह अपने ले जाने वाले को भुलावा देकर भाग गई थी। दौड़ते–दौड़ते वह इस गाँव में आ पहुँची। जब सुबह के समय उजाला होने लगा, तब वह सोच न पाई कि किधर जाए। उसने दिन का सारा समय ईख के खेत में लुके–छिपे पड़े रहकर बिताया . . .

पूरो यह सब सुन–सुनकर विक्षिप्त–सी हो गई थी। उससे और न सुना जाता था। पूरो ने उस लड़की को अपने घर की पिछली कोठरी में रख लिया। वहाँ पूरो के घर का गेहूँ पड़ा था, भैंस का खली भूसा पड़ा हुआ था . . .

दूसरे दिन दो आदमी दौड़े–दौड़े आए, उन्होंने सारे गाँववालों से पूछा कि किसी ने एक लड़की देखी है? वे गाँववालों के आँगनों में भी झाँक–झाँककर देख गए, पर लड़की का कुछ पता न चला . . .

पूरो के मन में कई तरह के प्रश्न उठते, पर वह उनका कोई उत्तर न सोच पाती। पता नहीं चलता था कि अब इस धरती पर जो कि मनुष्य के लहू से लथपथ हो गई थी, पहले की तरह गेहूँ की सुनहरी बालियाँ उत्पन्न होंगी या नहीं . . . इस धरती पर, जिसके खेतों में मुर्दे पड़े सड़ रहे हैं, अब भी पहले की तरह मकई के भुट्टों में से सुगंध निकलेगी या नहीं . . . क्या ये स्त्रियाँ इन पुरुषों के लिए अब भी संतान पैदा करेंगी, जिन पुरुषों ने इन स्त्रियों की अपनी बहनों के साथ ऐसा अत्याचार किया था?

हिंदुस्तान जाता हुआ एक काफ़िला पूरो के गाँव के पास रुका। पुरुष और स्त्रियाँ, झुंड के झुंड, पैदल चल रहे थे। बैलगाड़ियों में उन्होंने बच्चों को भर लिया था। कुछ सिपाही काफ़िले के आगे थे और कुछ पीछे। यात्रियों की आँखें भारी हो गई थीं। रास्ते की धूल बदनसीबी की तरह उनके चेहरे-सिर पर मंडराकर वहीं जम गई थी . . .

पूरो के गाँव पहुँचते-पहुँचते काफ़िले को रात हो आई। उसे वहीं रुकना पड़ा . . .

पूरो का चित्त व्याकुल था। उसे रह-रहकर एक ही ख़याल आता कि वह सड़क रत्तोवाल से आती है, इस काफ़िले में अवश्य उसका रामचंद होगा . . . भेंट . . . बस, एक बार . . . अंतिम बार . . . उसके बाद वह इस देश में ही नहीं रहेगा . . . उसके बाद फिर कभी भी वह उसका कुशल न सुन सकेगी . . . उसके बाद फिर कभी भी उसके गाँव की हवा भी इस ओर न आएगी . . .

काफ़िले वाले अपने बचे-खुचे गहने और रुपए देकर रास्ते के गाँवों के लोगों से अनाज मोल लेते थे। गाँव के कुछ स्त्री-पुरुष जाकर उनसे सौदा कर लेते थे और पहरेवाले सिपाहियों की देख-रेख में अपना मकई-बाजरा सोने के भाव बेच देते थे। इसी बहाने जाकर पूरो ने काफ़िले को एक नज़र देखा . . . पूरो ने काफ़िले में बैठे हुए रामचंद को देखा। रामचंद ने रत्तोवाल के खेतों में खड़ी हुई आँसुओं से भीगे चेहरेवाली पूरो को पहचाना . . .

रत्तोवाल के खेतों में पूरो का चेहरे उसके डूबते हुए साहस ने बंद कर दिया था, आज पहरे के सिपाहियों ने बंद किया हुआ था, पूरो कुछ कह न सकी।

'तुम्हें अनाज-दाना कुछ चाहिए?' उसने रामचंद की ओर देख कर कहा।

'हाँ।' रामचंद की आँखें पूरो के चेहरे पर से न हटती थीं, शायद अब भी वह उसे पहचानने की कोशिश कर रहा था . . .

'अच्छा, रुपए तैयार रखना, मैं रात को पहुँचा जाऊँगी।' पास खड़े हुए सिपाही की ओर देखकर पूरो ने फिर रामचंद की ओर देखा और फिर लौट आई . . .

पूरो ने रशीद से कहा कि उसे घर में छिपी हुई लड़की को काफ़िले में पहुँचाना है और वह आटे और मिट्टी के पुरवे में रखे हुए घी को कपड़े में बाँधकर और लड़की को साथ लेकर रात के अँधेरे में सोए हुए काफ़िले की ओर चल दी . . .

दिन–दिन भर चलने से लोग थके हुए पड़े थे। हर समय भय चमगादड़ों की तरह उनके सिरों पर मंडरा रहा था, पर फिर भी वे घोड़े बेचकर सोए हुए थे . . .

'मैं रात को पहुँचा जाऊँगी।' रामचंद के कानों में पूरो की आवाज़ शाम से ही गूँज रही थी, वह रात की निस्तब्धता में किसी के पैरों की आहट ले रहा था . . .

सिपाही चल–फिर कर पहरा दे रहे थे। पूरो आहिस्ता से काफ़िले में जा पहुँची . . .

सिर से गठरी उतार कर उसने रामचंद के आगे रख दी और लड़की से बैठ जाने को कहा . . .

'तू पूरो है न?' आज भी रामचंद ने वही रत्तोवाल के खेतोंवाला प्रश्न किया . . .

'अब भी पूछना बाकी है?' पूरो ने उलाहने से कहा। अपने जीवन में रामचंद को उसका यह पहला और अंतिम उलाहना था, रामचंद ने सिर झुका लिया . . .

‘मेरे माता–पिता की कोई ख़बर?’ पूरो ने एक गहरा श्वाँस लेकर पूछा।

‘वह तो जब के ब्याह करके गए हैं, लौटे ही नहीं, पर . . .’ रामचंद कहते–कहते रुक गया . . .

‘ब्याह? किसका ब्याह?’ पूरो ने पूछा।

‘तेरे खो जाने के बाद उन्होंने एक रात चुपचाप तेरी छोटी बहन के फेरे मुझसे कर दिए और तेरे भाई के साथ मेरी बहन के फेरे हो गए। तब से वे गाँव नहीं लौटे हैं। आजकल सियाम ही हैं, पर . . .’ रामचंद कहता–कहता रुक गया . . .

‘मेरी बहन . . . फिर तो वह भी काफ़िले में होगी? . . .’ पूरो के लिए रामचंद के साथ उसकी बहन के ब्याह की बात बिल्कुल नई थी . . .

‘नहीं, पिछले दिनों तेरा भाई आया था, वह अपनी औरत को मायके छोड़ गया और बहन को अपने साथ ले गया था। जो वह यहाँ होती, तो वह भी . . . रामचंद की आँखों में आँसू छलछला आए . . .

‘वह भी . . . क्या हुआ उसे . . .’ पूरो की समझ में न आया था।

‘पता नहीं लगा, किस समय मेरी बहन को उठाकर ले गए। जब हम घर से निकले, वह साथ थी। मैं बुढ़िया माँ को पीठ पर उठाए काफ़िले में आया हूँ, तब तक वह मेरे पीछे–पीछे चली आ रही थी, पर अब काफ़िले में नहीं है . . .’ रामचंद ने आवाज़ को रोक–रोककर कहा। उसको रुलाई आ रही थी, पर उसने अपनी पगड़ी का किनारा अपने मुँह में डाल लिया, ‘मेरी माँ ने पीट–पीटकर अपने को नीला कर लिया है।’ रामचंद ने कहा।

पूरो की अँतड़ियों में एक ऐंठन–सी पड़ने लगी . . .

‘कोशिश करना, कुछ पता लग जावे। न जाने जीती है या मर गई!’ रामचंद ने फिर से कहा। अँतड़ियों में उठती हुई पीड़ा से पूरो कुछ बोल न सकी . . .

'उसका नाम लाजो है?' पूरो को याद आया। अपनी सगाई के समय उसने अपने भाई की मँगेतर का नाम सुना था।

'हाँ, उसकी बाँह पर भी उसका नाम गुदा हुआ है।' रामचंद ने बताया। सिपाही घूम–घूमकर पहरा दे रहे थे। सोए हुए लोगों के बीच में बैठे हुए रामचंद और पूरो धीरे–धीरे बातें कर रहे थे।

'इस बेचारी को मैं तुम्हें सौंपने आई हूँ। इसे अपने काफ़िले में ले जाओ। हिंदुस्तान जाकर पता कर लेना, जो इसके माँ–बाप मिल गए तो . . .' पूरो ने लड़की की बाँह रामचंद के हाथ में पकड़ा दी . . .

'मेरा भाई यहाँ आया था, चाहती थी, उसे एक बार देख लेती . . .' पूरो ने कहा।

'पिछले दिनों . . . जब तुम्हारे छत्तोआनी वाले खेतों में आग लगी थी, याद है?' . . . रामचंद कह रहा था।

'आग . . .? हाँ, आग लगी थी। क्या यह बात सच है कि मेरे भाई ने आग लगाई थी?' पूरो को याद आया जब रशीद ने एक अफ़वाह सुनाई थी . . .

'हाँ, उसी ने आग लगाई थी। तेरा तो उसे पता मालूम नहीं था कि तू कहाँ रहती है, गुस्से में आकर उसने रशीद के खेत जला डाले।'

पूरो को रोमाँच हो आया। उसका भाई अब जवान हो गया था, उसके दिल में बदले की ज्वाला धधक रही थी, उसके दिल में बहन की याद थी। साथ ही उसे उस दुर्घटना की याद आई, उसके भाई की पत्नी गुम हो गई थी, किसी ने ज़बरदस्ती उठा लिया था, न जाने वह किस हाल में थी, वह . . . उसके रामचंद की बहन . . .

'मुझे यहाँ सक्कड़आली के पते से चिट्ठी लिखना, अपना पता भी लिखना, जो लाजो का कुछ पता लगा, तो मैं लिख भेजूंगी . . .' पूरो ने कहा।

रात का अँधेरा हल्का होता जा रहा था। सिपाही काफ़िले वालों को जगा रहे थे। काफ़िले को आगे बढ़ना था। पूरो उठ खड़ी हुई। रामचंद को हाथ जोड़े, कुछ बोल न सकी।

पूरो ने काफ़िले से बाहर पाँव धरा ही था कि एक सिपाही ने उस पर लाठी तान ली, 'तू कौन है? कहाँ चली?'

'मैं अनाज बेचने आई थी।'

'कितने का बेचा है? पैसे दिखा।' सिपाही ने चिल्लाकर कहा।

पूरो ने चादर में हाथ डालकर अपनी चाँदी की बाँक उतार ली और सिपाही को दिखाकर तेज़ कदमों से गाँव को लौट गई। सिपाही ने शायद यह न सोचा कि हिंदू चाँदी के आभूषण प्रायः कम ही पहनते हैं, इस औरत को अनाज के बदले चाँदी की बाँक कहाँ से मिल गई!

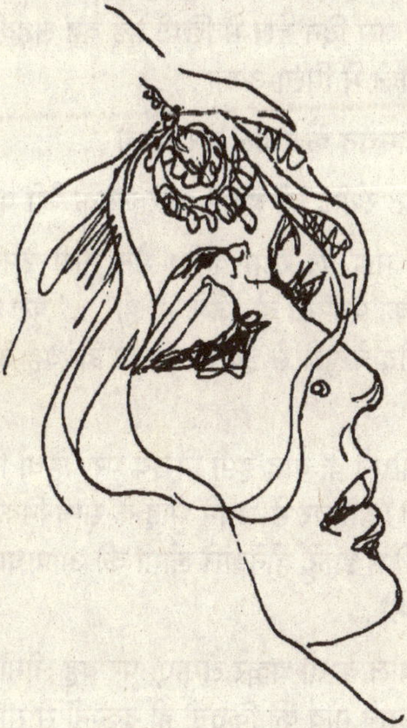

पूरो की भाभी

रात को चारपाई पर पड़े–पड़े पूरो छत के काले शहतीरों को देखती रहती। पूरो का मन उन लोगों की बंद कोठरियों के चक्कर लगाता रहता, जिनके भीतर लोगों ने औरों की लड़कियों, बहनों और स्त्रियों को ज़बरदस्ती डाल रखा था। उन्हीं में एक लाजो होगी। रामचंद की बहन, उसकी अपनी भाभी। लाजो का अनदेख चेहरा पूरो की आँखों के आगे आ जाता था, टूटे हुए पत्ते जैसा, झड़े हुए पँख जैसा . . .

पूरो सोचती, लाजो ब्याही हुई है, शायद उसके कोई बाल–बच्चा भी हो। उसके दिल पर न जाने क्या–क्या बीता होगा, उसके शरीर पर क्या गुज़री होगी! न जाने वह इस समय कहाँ है! मैं उसे कैसे खोजूँ? मैं उसे कैसे पहचान सकती हूँ? उस दिन ईख में छिपी हुई वह लड़की लाजो ही निकल आती, मैं उसे काफ़िले में मिला आती . . .

. . . मैं उसे रामचंद के हवाले कर आती . . .

पूरो ने सब बात रशीद को बताई और उसके पैरों पर गिर पड़ी . . .

'जैसे भी हो, मुझ पर रहम करो। मैंने सारी उमर तुमसे कुछ नहीं माँगा। मुझे लाजो का पता ला दो, जैसे भी हो . . .' पूरो की आँखों के आँसू नहीं रुकते थे। रशीद ने पूरो से इकरार किया कि वह अपनी ओर से कोई कसर न रहने देगा . . .

रशीद बहुत सोचने के बाद इसी निश्चय पर पहुँचा कि हो न हो, लाजो रत्तोवाल में ही होगी। वह घर से अपने भाई के साथ निकली, पर काफ़िले में मिली नहीं। काफ़िले में इकट्ठे होनेवाले लोगों की आपाधापी में ही वह किसी के हाथ पड़ गई होगी . . .

रशीद ने रत्तोवाल के दो चक्कर लगाए, पर वह लोगों के मकानों में कैसे झाँक सकता था! उसने गाँव की कितनी ही दुकानों से सौदा–सुलफ़ ख़रीदा, पर उसे लाजो का कोई सुराग न लगा। इतना उसने सुन लिया था कि गाँव के कुछ लड़कों ने जाते हुए काफ़िले में से दो–चार लड़कियों को उठा लिया था। रशीद को पूरा विश्वास था कि लाजो भी उन्हीं में है . . .

उस गाँव वाले रशीद से परिचित नहीं थे, न ही उस गाँव में रशीद का कोई संबंधी रहता था। वह किसके पास चार दिन रहता, किससे वह गाँव के हाल–चाल लेता . . .

पूरो ने रशीद के साथ एक बात सोची। बावड़ीवाले साईं को वे जानते थे। वे दोनों बच्चों को लेकर साईं की एक कोठरी में जा टिके। वैसे भी

दिन–रात की चिंता से पूरो की आँखें घुटी–सी रहने लगी थीं। वह रोज़ सवेरे नमाज़ पढ़कर बावड़ी के जल से अपनी आँखें धोती, साईं को मिठाई चढ़ाती और दिन में कोरे खेसों की गठरी बाँधकर गाँव में बेचने चली जाती . . .

उस समय गाँव के मर्द खेतों पर होते, गाँव की स्त्रियाँ घरों में अपनी गृहस्थी के काम–काज में लगी होतीं। पूरो हर घर में जाकर पूछती, खेसों के दाम इतने अधिक बताती थी कि उसका सौदा कठिनाई से पटता था। वैसे भी गाँवों में लोगों के पास अपनी ही बनाई हुई दरियाँ और खेस बहुतेरे होते हैं, फिर उन्हें लूटमार से भी बहुत कुछ मिल गया था। पूरो से ख़रीदने की किसी को आवश्यकता न थी, पर पूरो ढीठों की भाँति उनके आँगन में जा बैठती, भीतर–बाहर झाँकती, स्त्रियों को बातों में लगा लेती, गाँव की लूटमार की बातें छेड़ देती, उनसे हँस–हँसकर पूछती कि किसके हिस्से क्या–क्या आया। फिर हिंदुओं के छोड़े हुए मकानों की बात छेड़ देती। पूरो रामचंद का घर पहचानती न थी, पर गाँववालों से बातचीत करके उसने रामचंद के मकान का पता लगा लिया था। रशीद और पूरो को शक था कि हो न हो, जिसने लाजो को उठाया है, उसने शायद लाजो के मकान को भी संभाल लिया है। पूरो ने उस मकान का भी एक–आध फेरा लगाया, पर हर बार एक बुढ़िया उसे बाहर की ड्योढ़ी से लौटा देती थी। कह देती थी कि हमें कुछ नहीं लेना है . . .

जैसे कोई किसी के घर में ज़बरदस्ती घुसता है, वैसे ही एक दिन पूरो भी उस मकान के आँगन में चली गई . . .

'अम्मा, तुम लेना कुछ नहीं, पर देख तो लो। मैं तुमसे देखने के दाम तो नहीं माँगती।' और पूरो ने खेसों की गठरी नीचे धरकर खेस इधर–उधर बखेर दिए। आँगन में उस बुढ़िया के अतिरिक्त और कोई नहीं था . . .

'अल्लाह ख़ैर करे! मुझे एक घूँट पानी पिला दो, सवेरे से प्यासी हूँ।' पूरो ने साहस करके बुढ़िया से कहा।

'अरे, पानी छोड़ तू लस्सी पी ले, पर जो तू चादरें और खेस बेचना चाहती है, तो किसी शहर जा। वहाँ न लोग सूत कातते हैं, न कपड़ा बुनते हैं। गाँवों में किसके पास खेसों का घाटा है!' बुढ़िया ने पूरो को सलाह दी और भीतर कोठरी की ओर देख कर उसने आवाज़ दी, 'ओ नेक–बख़्त! एक कटोरा लस्सी तो भर के ले आ!'

पूरो का जी धड़कने लगा। भीतर से आनेवाली लड़की का चेहरा सचमुच टूटे हुए पत्ते की तरह था, झड़े हुए पँख की तरह पूरो का माथा ठनका, हो न हो, यही लाजो है . . .

जब तक पूरो को लाजो के किसी जगह होने का शक नहीं पड़ा था, तब तक उसके मन में एक लगन थी कि कहीं लाजो दीख जाए। अब उसे शक पड़ गया था कि लाजो उसी घर में है, पर अब उसकी समझ में न आता था कि अपनी शंका का समाधान कैसे करे . . .

'यह तुम्हारी लड़की ठीक तो है?' पूरो ने बुढ़िया से बड़ी सहानुभूति से कहा और लड़की के हाथ से लस्सी का कटोरा ले लिया . . .

'ठीक ही है . . . ऐसे ही कुछ . . .' बुढ़िया ने बात आई–गई कर दी . . .

'थोड़ा नमक देना, लस्सी में मिला लूँ।' पूरो ने लस्सी का एक घूँट भरकर कटोरा हाथ में लिए रखा . . .

लड़की ने चुपचाप नमक लाकर पूरो के आगे रख दिया। उसके हाथ से नमक लेते समय पूरो ने उसकी एक उँगली को दबाया। लड़की ने ज़रा चौंककर पूरो की ओर देखा, पर न तो उसके होंठों पर हँसी की रेखा आई, न उसके मुँह से कोई शब्द ही निकला। लड़की ईख के छिलके की तरह पेरी हुई दीख पड़ती थी . . .

पूरो को और भी विश्वास हो आया कि यह लड़की लाजो हो या न हो, पर कोई ज़बरदस्ती भगाई हुई लड़की ज़रूर है। घर के संबंध में पूरो को

पता लग गया था कि यह रामचंद का घर था और पूरो को यह भी विश्वास होता जाता था कि हो न हो, यही लड़की लाजो है . . .

लस्सी पीकर कटोरा धरती पर रखते हुए पूरो ने उस युवती की बाँह पकड़ ली . . .

'इधर आ, मैं तेरी नाड़ी देखूँ। रंग तो तेरा हल्दी जैसा हो रहा है।' कहते–कहते पूरो ने एक हाथ से उसकी बाँह पर से कुर्ता ज़रा पीछे को हटा दिया। उस की बाँह पर हिंदी में उसका नाम गुदा हुआ था, 'लाजो'। फिर भी वह कुछ न बोली–चाली। उसके होंठों पर पूस–माघ के कोहरे की तरह ख़ामोशी जमी हुई थी।

'कोई गंडा बाँध दे न! लड़की घर से परच जाए। लड़के से भी कुछ नहीं बोलती–चालती।' बुढ़िया ने उदास मुख से कहा।

पूरो को अपने आप को संभालना कठिन हो रहा था, फिर भी उसने जल्दी से उत्तर दिया, 'मेरे पास जैसा जंतर है, उससे यह कुछ ही दिनों में मकई के दाने की तरह खिल उठेगी।'

'तू जो माँगेगी, तुझे दूँगी, मुझे वह जंतर ला दे।' बुढ़िया ने पूरो की चादर पकड़ ली . . .

'यह कौन बड़ी बात है, मैं कल ही ले आऊँगी, अल्लाह ने चाहा तो . . . कहते–कहते पूरो ने खेसों की गठरी बाँध ली। लड़की गूँगे–बहरे बुत की भाँति उसकी ओर देख रही थी।

खेसों की गठरी के भार से आज पूरो की कमर टूटती जा रही थी। बड़ी कठिनाई से पूरो अपनी बावड़ीवाली कोठरी में पहुँची।

'अब आगे तू जाने, तेरा काम।' पूरो ने रशीद को सारी बात बताकर कहा।

'कोई ऐसी ब्योंत बने . . .' रशीद सोचने लगा।

'जैसे मुझे घोड़ी पर उठा लाया था, वैसे ही अब भी हिम्मत कर' पूरो ने रशीद के एक चुटकी ली और हँस पड़ी . . .

फिर पूरो और रशीद ने कई युक्तियाँ सोचीं, पर कोई भी उन्हें जँचती नहीं थी। रशीद कहता था कि यहाँ से उसे भगाकर ले जाना तो कठिन नहीं है, पर उसे आगे कैसे पहुँचाएँगे –

पूरो के मन में आया जो अब तक कभी न आया था, 'मेरे माता–पिता ने मुझे अपनी बेटी को तो वापस कबूल नहीं किया, क्या अब अपनी बहू को स्वीकार कर लेंगे? उन्होंने यदि वापस लेने से इनकार कर दिया, तब क्या होगा . . .?'

रशीद ने पूरो को बताया कि उनकी सरकार की ओर से सूचनाएँ निकली हैं कि ज़बरदस्ती ले जाई गई लड़कियों को खोज–खोजकर लौटा दो, उनके बदले में दूसरी ओर से इसी तरह खोजी हुई लड़कियाँ मिलेंगी। लड़कियों के माँ–बाप उन्हें वापस ले लेंगे।

पूरो के दिल में एक कसक–सी उठी। उसके वक़्त दुनिया के सब धर्म रास्ते में काँटे बनकर बिछ गए थे, उसके माता–पिता ने उसे स्वीकार नहीं किया, उसके ससुराल वालों ने उसे स्वीकार नहीं किया। आज सब मज़हबों के मान टूट चुके थे, आज . . .

वह रात पूरो ने तारे गिन–गिनकर काटी। सवेरा होते ही वह इस टोह में लग गई कि लाजो के घरवाली बुढ़िया अपने बेटे के लिए रोटी लेकर खेतों को कब जाती है। उसने फिर दो–एक कोरे खेस सिर पर रखे और कपड़े के टुकड़े में थोड़ी–सी राख बाँधकर चल दी।

लाजो के घर के भिड़े हुए दरवाज़े को अपने हाथों से खोलते समय पूरो ने सारे पीर–फ़कीरों का ध्यान किया। एक समय से भूले हुए देवी–देवता उसे स्मरण हो आए। पहले प्रायः रब और ख़ुदा का नाम लेते समय पूरो कहा करती थी कि रब उसका सौतेला पिता था और ख़ुदा की वह सौतेली

बेटी थी। कोई भी रब या ख़ुदा उसके दुःख दर्द की परवाह न करता था। पर आज पूरो के दिल पर एक तरह का भय छा गया। पूरो ने झिझकते हुए किसी भी रब–रहीम से प्रार्थना की कि लाजो से आज उसकी भेंट अकेले में हो जाए . . .

पूरो को लाजो के घर पहुँचते–पहुँचते भी दोपहरी का समय हो गया। बुढ़िया अपने बेटे को रोटी देने गई हुई थी। लाजो अकेली ही आँगन में बिना बिछावन की खाट पर पड़ी थी . . .

'अम्मा कहाँ है?' पूरो ने आँगन में पैर धरते ही पूछा।

'खेत गई है।' लाजो ने कल की खेस बेचनेवाली की ओर देखकर कहा। लाजो के दिल में खेसवाली की ओर नया जागा हुआ आकर्षण स्पष्ट दीख रहा था। वह उठकर खाट पर बैठ गई . . .

एक क्षण में ही पूरो को लाजो के चेहरे में अपनी माँ, अपनी बहन और अपनी भाभी के मुख दीख पड़े। वह उसके गले से चिपट गई . . .

पूरो को लगा कि वह रो उठेगी, इतनी ज़ोर से कि उसका रोना दीवारों को फाड़ देगा, उसका रोना खेतों को पार कर जाएगा, उसका रोना गाँवों को लाँघ जाएगा, उसका रोना शहर से भी आगे निकल जाएगा, उसका रोना . . .

पूरो ने अपने रोने को गले के बाहर न निकलने दिया . . .

'तू लाजो है . . . मेरी भाभी . . .' पूरो ने अपने उठते हुए तूफ़ान को दबाकर कहा . . .

'तू पूरो है?' लाजो ने ज़रा उसकी छाती से हटकर उसकी ओर देखा। पर लाजो ने पूरो को पहले कभी न देखा था, जो अब पहचानती, फिर भी लाजो को पूरो का मुख बिलकुल उसके भाई जैसा लगा, अपने पति जैसा . . . लाजो के दिल में एक लाज–सी आई, जैसे वह अपने पति

की ओर आँख उठाकर न देख सकती हो . . . लाजो पूरो की गोद में गिर पड़ी . . .

लाजो के अंतस्तल में उस समय जो कुछ बीत रहा था, शायद वह पूरो की नसों में उतर रहा था। पूरो को कुछ भी पूछने की आवश्यकता न थी। पूरो ने लाजो को कलेजे से लगाए रखा . . .

'कोई आ जाएगा, लाजो! मेरी बात सुन!' पूरो को बीतते समय का ध्यान आया। लाजो की सिसकियाँ न रुकती थीं, उसकी साँस ठिकाने न आती थी . . .

'वह कब तक लौट आती है?' पूरो ने पूछा।

'मुझे कुछ पता नहीं। मुझे अपने पास ले चल!' लाजो तड़प-सी गई . . .

'तुझे लेने तो आई हूँ, और क्या करने आई हूँ! मेरी बात सुन!' पूरो ने लाजो को कंधे से पकड़कर उठाया।

'हाय, मुझे ले चल!'

'पर तू संभलकर बैठ, कोई आ जाएगा . . .'

'मुझे लेकर भाग चल, मैं सारी उमर तेरी बाँदी बनकर रहूँगी।'

'पागल न बन! ऐसे भागकर मैं कहाँ ले जाऊँ? मेरी बात तो सुन!'

'हाय, मैं कहाँ जाऊँगी! मैं यहीं तड़प-तड़पकर मर जाऊँगी।' लाजो रोए जा रही थी। पूरो को डर था कि बात भी न हो सकेगी और बुढ़िया आ जाएगी। पूरो ने अपने पल्ले से लाजो का चेहरा पोंछा और समझा-बुझाकर उसे चुप कराया।

'कभी तो घर से बाहर निकलती है?'

'नहीं।'

'पर सवेरे तो खेतों को जाती होगी?'

'वह साथ होती है।'

'आज अमावस है, आज रात को जो तू बाहर वाले कुएँ के पास आ सके, तो वहाँ तुझे रशीद घोड़ी लिए तैयार मिलेगा।'

लाजो झेंप गई, रात को अकेले कुएँ के पास पहुँचना उसे अत्यंत कठिन लग रहा था, फिर वह रशीद को भी नहीं जानती थी और यदि किसी ने देख लिया, तो फिर किसी की भी जान सलामत न थी . . .

'मैं घर से बाहर कैसे निकलूँगी?'

'रात को जब सब सो जाएँ, तब दाँव लगाकर निकल आना।'

'वह तो दारू भी पीता है। रात को जैसे-तैसे करके दो-चार घूँट ज़्यादा दे दूँगी, पर बाहर के आँगन में बुढ़िया . . .'

'बुढ़िया कुछ अफ़ीम-शफीम नहीं खाती?'

'मैंने तो खाते नहीं देखा।'

'एक बार जो तू वहाँ पहुँच जाए . . .'

'पर वहाँ . . . मैं उसे जानती भी तो नहीं, जो वहाँ पर तू मिल जाए, तो . . .'

'वह तो रातों-रात पैडा मार लेगा और जो मैं भी साथ हुई, तो फिर तो हम दोनों ही रह जाएँगी।'

'मैंने तो उसे कभी देखा नहीं।'

'तू मुझ पर भरोसा कर। तेरी तसल्ली के लिए यह कर दूँगी। यह देख, मेरे हाथ की यह अँगूठी उसके हाथ में पड़ी होगी, देख लीजो!'

'आज रात दाँव न लगा, तब . . .'

'फिर कल रात। वह पूरी तीन रातें राह देखेगा।'

'गली में से आहट आ रही है, शायद कोई आ रहा है।'

पूरो खाट से उठकर नीचे बैठ गई। खाट के पैताने खेसों की गठरी रखकर पूरो ने पल्ले में बाँधी हुई राख की पुड़िया को देखा कि यदि बुढ़िया आ जाए तो उसे वह जंतर और भस्म दे सके।

पर बुढ़िया अभी नहीं आई थी . . .

'जो तू मुझे इस जंतर के बहाने रोज़ किसी बावड़ी या कुएँ पर ले जाए और फिर एक दिन . . .' लाजो ने हौले से कहा . . .

'इस तरह मेरे ऊपर पूरा शक हो जाएगा। मैं चाहती हूँ कि वह तुझे लेकर गाँव से निकल जाए और मैं बाद में भी दो–तीन दिन गाँव में फेरी लगाती रहूँ। मेरे ऊपर कोई उँगली न उठा सके।'

'मुझे डर लगता है, कहीं कोई रास्ते में ही न पकड़ ले।'

'फिर जो क़िस्मत में लिखा है, वह तो होगा ही। आगे कौन–से करम सीधे हैं!'

'पर मैं सारी उमर तेरे ऊपर भार बन जाऊँगी!'

'ये बातें फिर करेंगे, इनके लिए यह समय नहीं है। सोचती हूँ कि मैं अब चलूँ यही अच्छा है। आज बुढ़िया मुझे न देखे तो . . .'

'हाय, मुझे भी ले चल!' पूरो उठने लगी, तो लाजो बच्चों की तरह उससे चिपट गई। पूरो ने दरवाज़े की ओर देखते हुए लाजो को कसकर अपनी छाती से लगा लिया और बोली, 'आज रात . . . आधी रात को . . . कल पर मत डालना!' और फिर वह खेसों को संभालकर घर से बाहर निकल गई . . .

बान की खाट पर लाजो दोनों पैर पसारकर लेट गई। आज उसे अपने शरीर के अंग–अंग में एक तरह की प्रफुल्लता का अनुभव हो रहा था, फिर जैसे लाजो को मकान की दीवारों में से आवाज़ आती सुनाई दी, 'आज

रात . . . आधी रात को . . . लाजो ने दालान की एक–एक ईंट को देखा। 'यही मेरा घर था। यहीं मैं पैदा हुई, यहीं पली। यही मैं बड़ी हुई। इस घर से मेरी डोली निकली। यहीं लौटकर मैं मायके आई। सब इस घर से चले गए, पर मेरा मुरदा यहीं रुलता रहा। मैं अपने ही घर में परदेसी बन गई। इसी घर ने मुझे पैदा किया, इसी घर ने मुझे खा लिया।' लाजो घर की चारदीवारी को देखने लगी। 'इन दीवारों को भी लाज न आई, इन्होंने मेरा सत्यानाश होते देखा, इन्होंने मेरी मर्यादा लुटती देखी, पर आज . . . आज रात . . . आधी रात को . . . सभी दीवारें टूट जाएँगी, सभी चौखटें गिर पड़ेंगी . . . मैं . . .'

बुढ़िया बाहर का भिड़ा हुआ दरवाज़ा खोलकर आँगन में आ गई थी . . .

'बड़े अच्छे समय गई है।' लाजो ने मन ही मन कहा।

'आज वह खेसोंवाली आने वाली थी, अभी आई तो नहीं?' बुढ़िया ने आते ही यह पहली बात पूछी और हाथ की साग–भाजी की टोकरी धरती पर रखकर लाजोवाली खाट की पट्टी पर बैठ गई।

लाजो ने सिर हिलाकर कहा, 'नहीं।' और फिर सोचने लगी, 'पूरो को यह कैसे पता लगा कि मैं यहाँ रह रही हूँ? वह मुझे क्यों ढूँढ़ने आई? वह किस गाँव में रहती है? मैंने उससे कुछ भी न पूछा। पूछने का समय भी कहाँ था!' . . .'आज रात . . . आधी रात को . . .' फिर यह ध्वनि लाजो के कानों से उठकर उसके कानों में ही समाने लगी . . .

'मैंने कहा, एक मुट्ठी मोठ डालकर बटलोई में चावल चढ़ा दे, मैं तो थक गई।' कहते–कहते बुढ़िया चारपाई पर निश्चल लेट गई।

जिस तरह अंतिम बार के काम को कोई जल्दी–जल्दी निबटाता है, उसी तरह लाजो ने उठकर मोठ चुने, चावल चुने और चूल्हे में दो–चार लकड़ियाँ लगाकर खिचड़ी पकने धर दी। पहले प्रायः बुढ़िया आटा गूँधती थी, पर आज स्वयं ही लाजो ने आटा छाना और गूँध लिया . . .

आज का दिन टूटी हुई जूती की तरह बढ़ता ही जाता था। मुश्किल से रात आई। आज जब बुढ़िया का लड़का घर आया, तो बहुत कड़वाहट न चढ़ी। पहले रोज़ जब लाजो उसे देखती थी, उसे लगता था, जैसे सैकड़ों ठीकरे उसके माथे पर टूटने लगे हों . . .

बटलोई में कलछी घुमाते हुए आज तीन बार लाजो के हाथ से कलछी छिटकी। दो बार उसके हाथों से बेलन छूट-छूट गया। एक-दो बार तो उसके हाथ से काँसे का कटोरा भी छूट गया।

'ढंग से काम कर!' एक-दो बार बुढ़िया ने खिजलाकर कहा।

'आँखें हैं कि बटन!' बुढ़िया के बेटे ने भी उसे टोका।

पर आज लाजो को बुढ़िया का एक बोल भी कुबोल न लग रहा था। बुढ़िया के बेटे की बात आज जैसे वह सुन ही नहीं रही थी। उसे लग रहा था, घर का सब माल-असबाब भी आज बुढ़िया और उसके बेटे को मुँह चिढ़ा रहा है . . .

लाजो में आज अपूर्व साहस आ गया था। न उसका जी डरता था, न उसके मन में कोई चिंता आती थी। बस, एक निश्चत समय, जैसे निकट और निकट आता जा रहा था। अभी रात पड़ जाएगी, अभी सब सो जाएँगे और जैसे साबुन लगे हाथ में से चूड़ी निकल जाती है, वह इस घर से निकल जाएगी . . .

पहले लाजो जलती-कुढ़ती उठकर शराब की बोतल बुढ़िया के बेटे के आगे लाकर धर देती थी, पर आज लाजो स्वयं ही भीतर से वह शराब की बोतल निकाल लाई जो बुढ़िया के बेटे ने इलायची डलवाकर दोगुनी आँच पर खिंचवाई थी और पुरानी और तेज़ होने के कारण अलग रखी हुई थी . . .

बुढ़िया का बेटा सोच रहा था, आज लाजो ने मोठ की खिचड़ी भी मलाई-जैसी बनाई है, आज लाजो दारू की बोतल भी स्वयं निकाल लाई है, आज लाजो खुश है, आज . . .

बुढ़िया झपकियाँ ले रही थी . . .

'आँगन में ठंड हो गई है, मैंने तेरी खाट भीतर डाल दी है। जा, भीतर जाकर लेट!' लाजो ने घर की मालकिन की तरह बुढ़िया से कहा। एक बार बुढ़िया ने आँखें फाड़कर लाजो की ओर देखा।

'आज तो जैसे दिन ही पलट गए हैं। आज तो मैं इसे जंतर पहनाने वाली थी, यह तो पहले ही असर हो गया दीखता है!' बुढ़िया ने अपने मन ही मन सोचा और भीतर जाकर लेट गई।

रात का अंधकार पल–पल गहरा होता जा रहा था, बुढ़िया का बेटा शराब में धुत्त होकर लाजो की बाँहें खींच रहा था . . .

रात का पहला पहर कब का बीत गया था, बुढ़िया का बेटा शराब में धुत्त होकर खाट पर सो गया था . . .

उस घर की दीवारों ने, उस घर की कड़ियों ने जहाँ पहले इतने परिवर्तन देखे थे, उस आधी रात को यह भी देखा कि लाजो दबे पाँव ड्योढ़ी का दरवाज़ा खोलकर उस घर की देहली से बाहर निकल गई . . .

लाजो थोड़ी दूर चलती, उसे डर लगता, शायद कोई उसके पीछे–पीछे आ रहा है, किसी ने उसे कंधे से पकड़ लिया है, किसी ने उसे गर्दन से नाप लिया है। जाड़े की आधी रात की ठंड में भी लाजो के माथे पर पसीने की बूँदें आ गई थीं . . .

अमावस की रात थी, फिर भी आकाश पर छिटके हुए तारों का प्रकाश भी लाजो को तीखा लग रहा था। अपने घर की दीवार लाँघने के बाद अगले घरों के रास्ते पर बढ़ते हुए लाजो एकाएक ठिठक गई। लाजो ने गर्दन घुमाकर अपने घर की लंबी दीवार की ओर देखा। कोहरे की भाँति सारी गली में ख़ामोशी जमी थी, फिर भी लाजो ने गली का सीधा रास्ता छोड़कर घरों की पिछली ओर वाला लंबा रास्ता पकड़ लिया . . .

घरों की दीवारें समाप्त हो गईं। बाहर के कुएँ तक पहुँचने के लिए एक लंबा–चौड़ा मैदान पड़ता था। यहाँ लाजो के नंगे पैरों से एक कँपन उठकर उसके माथे की नसों में फैल गया। लाजो ने पीछे मुड़कर क़ब्रों की तरह सोते हुए घरों को देखा। अभी तक प्रलय नहीं हुई थी, अभी तक क़ब्रों में से कोई मुर्दा नहीं उठा था। लाजो को अपनी साँस की आवाज़ भी सुनार की धौंकनी–सी सुनाई दे रही थी, पर लाजो के पास विचारों में डूबने के लिए समय नहीं था! लाजो ने एक बार तारों के धुँधले प्रकाश को देखा और मैदान में आगे बढ़ गई . . .

लाजो के दिल को एक यह धड़का था कि मैदान में से जाते समय उसे दूर से कोई भी देख सकता था। लाजो के शरीर पर कपड़े भी कुछ सफ़ेद थे, उसे मैले अंधकार में अपने कपड़ों की सफ़ेदी से भी डर लग रहा था, पर अब तो लाजो ने पूरा मैदान पार कर लिया था। उसने घूमकर पीछे देखा, सारा मैदान ख़ाली था। कुएँ की ओर देखते ही लाजो का जी घबरा उठा। कुएँ पर कोई नहीं था। रशीद नहीं आया, अब वह कहीं की न रही। गाँव लौटने का ख़याल लाजो के लिए असह्य था। उसने कुएँ का एक चक्कर लगाया, अपने मन में धर लिया कि यदि अब इस संसार में उसे कोई जगह न मिली, तो वह इसी कुएँ में डूब जाएगी . . .

चादर में अपने को लपेटे हुए एक व्यक्ति पास की झाड़ियों में से निकला, 'बहन, क्या तू लाजो है?' उस व्यक्ति ने लाजो के पास आकर चादर हटा दी . . .

'भाई, मेरी निशानी दिखा दे!' लाजो ने रशीद की ओर एक नज़र देखा। रशीद के चेहरे पर करुणा थी। लाजो का चित्त स्थिर हुआ। रशीद ने अपने हाथ की अँगूठी लाजो के आगे कर दी . . .

'तुझे पहुँचाकर कल या परसों पूरो को ले जाऊँगा, बच्चे उसी के पास हैं।' रशीद कुएँ की मन पर से उतरकर झाड़ियों के पीछे बँधी हुई घोड़ी खोल लाया . . .

'या अल्ला!' रशीद ने एक बार कहा और लाजो को बाँह का सहारा देकर घोड़ी पर बिठा लिया . . .

घोड़ी को पहली एड़ लगाते ही रशीद को वह समय याद आ गया, जब उसने पूरो को छत्तोआनी के कच्चे रास्ते से उठाकर अपनी घोड़ी पर डाल लिया था। रशीद आज हैरान था, उसे फिर एक बार अपनी घोड़ी दौड़ानी पड़ी। गाँव की एक और लड़की फिर एक बार भगानी पड़ी। जवानी का वह उत्साह आज रशीद की बाँहों में नहीं था, पर रशीद सोच रहा था, पूरो को उठाने के बाद ज्यों-ज्यों वह अपनी घोड़ी दौड़ाता जाता था, मन भार का एक पत्थर जैसे उसकी आत्मा पर बैठता जाता था। कई वर्षों से वह बोझ उसकी आत्मा पर पड़ा रहा था। आज ज्यों-ज्यों रशीद की घोड़ी रत्तोवाल की सीमाओं को दूर छोड़ती जाती थी, रशीद को लगता था कि उसकी आत्मा पर पड़ा वह भारी बोझ सरकता जा रहा है . . .

हमीदा

भोर के फैलते हुए प्रकाश के साथ ही लाजो के गुम हो जाने की ख़बर गाँव–भर में फैल गई। अभी दही में मथनियाँ पड़ी ही थीं कि हर घर में लाजो की चर्चा होने लगी . . .

आस–पास के गाँवों में किसी हिंदू का नाम निशान तक नहीं था और कोई मुसलमान यह काम क्यों करता? लोग हैरान–परेशान थे . . .

प्रकाश जल्दी–जल्दी बढ़कर चढ़ी हुई धूप बन गया था। उपलों के चूल्हों में दाल पक चुकी थी, स्त्रियाँ अभी तंदूर गर्म कर रही थीं, जिनमें से जलती हुई छिपटियों की गंध और धुएँ की लपटें निकलकर सारे गाँव पर छा रही थीं। तभी पूरो ने गाँव में प्रवेश किया . . .

आज लाजो के घर का दरवाज़ा किसी मरे हुए पशु के मुँह की तरह खुला हुआ था। पूरो ने जब उस घर के दरवाज़े के भीतर पैर धरा, आँगन में बिखरे हुए रात के जूठे बर्तनों पर मक्खियाँ भिनक रही थीं। पूरो ने देख लिया कि आज सवेरे से किसी ने कुछ खाया–पिया नहीं है . . .

'अरी, तूने कहीं उस कलमुँही को देखा?' बुढ़िया के माथे पर इतनी तेवरियाँ चढ़ी हुई थीं कि जान पड़ता था, जैसे किसी ने मिट्टी की हाँडी उसके माथे पर फोड़ दी हो . . .

'कौन अम्मा?' पूरो ने अपने सिर पर से खेस उतारकर पूछा, 'हाय, हाय! कौन? बहू कहाँ है?'

'वही जलजानी तो भाग गई है।'

'हाय, हाय, किसके साथ? मैं तो उसके लिए जंतर और भस्म लेकर आई हूँ!'

'चूल्हे में जाएँ जंतर और भस्म। उसे तो न जाने जिन्न ले गए या भूत।'

'क्या कहती हो, अम्मा? गाँव में कौन है, जो ले जाएगा? बाहर खेतों में गई होगी, आ जाएगी अभी।'

'लो सुनो! खेतों में गई है! धूप सिर पर आ गई और . . .'

'पर अम्मा! वह कोई रोटी का टुकड़ा तो नहीं, जिसे कौवे उठाकर ले जाएँ।'

'यही तो मैं कहती हूँ। क्या जाने किसी कुएँ में डूब मरी है, क्या जाने किसी जोहड़ में गिर पड़ी है! मैं तो पहले दिन से ही उस पर भरोसा नहीं

करती थी, पर यह लड़का ही उसके चोचले किया करता था। कहता था, 'अम्मा! अब यह कहाँ जाएगी, इसका कोई सगा न पराया . . .'

'क्यों, अम्मा! उसके माँ–बाप किस गाँव के हैं?'

'भाड़ में जाएँ माँ–बाप, मैंने तो पहले दिन ही कहा था, अरे, पराई ईंटों से घर नहीं बसते, पर उसका दिल जो आ गया था। बुढ़िया की कौन सुनता था! ले, अब तुझसे क्या छिपा है? सारा गाँव जानता है, वह हिंदुओं की बेटी थी। जब गाँव से हिंदू भागने लगे, यह लड़का उसे कहीं से ले आया। अल्लाह जानता है, मैं तो पहले दिन से ही कह रही हूँ, बेटियाँ–बहुएँ सबके होती हैं। अल्लादित्ता, तू पाप की गठरी उठा लाया है, न जाने कौन–से दिन यह पाप सिर से उतार सकेंगे।'

'अच्छा, यह बात थी! तभी, अम्मा, वह पेरी हुई लगती थी, पर भागकर जाएगी कहाँ? यहाँ उसका कोई आस–पास का तो है नहीं। कौवों से बचेगी चीलों में फँसेगी। मैं समझती हूँ, वह किसी कुएँ–खाई में गिर–गिरा पड़ी है। चाहे वह जानकर मरी है, या फिर उसकी ऐसे ही आई थी।'

'हम पर से कलंक तो हटा, पर लड़के ने मेरी जान खा रखी है। कहता है तू अँधी थी जो तुझे पता न लगा। वह कोई चिड़िया का बच्चा तो नहीं है, जो किसी ने उसे अपनी जेब में डाल लिया।'

'पर अम्मा, वह पहले भी कभी घर से बाहर अकेली जाती थी?'

'कहाँ! उसे क्या मरों के पास जाना था! पहले–पहले तो जब मैं लड़के को रोटी देने जाती थी तो बाहर से ताला लगा जाती थी, फिर लड़के ने भी कहा और मैंने भी सोचा, यह बेचारी जाएगी कहाँ! जो किसी के सिर पर आठों पहर सवार रहो, तो उसका जी घर में नहीं लगेगा। वह दोपहर को ही घड़ी दो घड़ी बस घर में अकेली रहती थी। कल भी मैं रोटी देकर आई हूँ। अच्छी– भली यहाँ बैठी हुई थी। मोठ डालकर रात को खिचड़ी बनाई, बथुए का साग पतीले में पकाया, रोटियाँ सेकीं, हम माँ–बेटों को खिलाईं,

फिर मेरी चारपाई भीतर डाल गई। कहे, अम्मा आँगन में अब ठंड हो गई है। लड़के ने ज़रा दारू पी, फिर मैं तो सो गई, पता नहीं, कैसी होनी किस समय हो गई। सवेरे उठी हूँ तो मैंने आवाज़ें दीं, पर कोई हो तो बोले . . .'

मैंने कहा, 'कुएँ–जोहड़ दिखवाए हैं या नहीं? वह किसी के साथ निकल जानेवाली तो दिखाई नहीं देती थी।'

'जाना भी किस के साथ था!' बुढ़िया ने अपने सिर को अपने घुटनों पर रख लिया . . .

'बड़े अचरज की बात है! मांस की बोटी तो थी नहीं कि कुत्ते बिल्ली ने उसे मुँह में डाल लिया। गाँव तो तुमने ढुँढ़वा लिया होगा?'

'हाँ, सवेरे से गाँव का एक–एक आदमी यहाँ आ चुका है। लोगों ने चप्पा-चप्पा छान मारा है। इस समय तो मेरा अल्लादित्ता और गाँव के कुछ लड़के कुएँ पर गए हैं। जो कहीं मरी हुई लाश भी मिल जाए, तो लड़के के मन में यह तो न रह जाएगा कि न जाने कहाँ गई। लड़के की जान सलामत रहे, औरतें और बहुतेरी . . .'

अब तक पूरो के चेहरे पर हर्ष और शोक के भाव उतरते–चढ़ते रहे थे। इतने में दो–तीन आदमी बाहर से आ गए।

'हम तो सारे कुएँ–खाई देख आए हैं, उसकी कहीं हड्डी–पसली भी नहीं मिली।' कहकर तीनों आँगन में पड़ी खाटों पर बैठ गए।

'खाए अपने माँ–बाप को! तूने क्यों अपनी जान को रोग लगा लिया है? उठा लिया होगा भूत प्रेतों ने।' बुढ़िया ने अल्लादित्ता को बड़े प्यार से कहा।

पूरो ने समझ लिया, यही अल्लादित्ता है . . .

'मेरी समझ में तो वह रात–बिरात उठकर बाहर गई है और उसे कोई जानवर उठा ले गया है।' उनमें से एक ने अल्लादित्ता को कहा।

'यहाँ तो कोई गीदड़, लोमड़ी भले ही फिरती हो और इस गाँव के पास कौन-सा जानवर आया होगा!' दूसरे ने पास बैठते हुए कहा।

'हमारी तरफ से चोर ले गए, ले जाएँ। तू उठकर दो कौर तो मुँह में डाल।' बुढ़िया ने अपने पुत्र को दिलासा देने के लिए कहा और उठकर रोटी–टुकड़े का आहर–पाहर करने लगी।

'अच्छा अम्मा! अल्ला तेरे जी को चैन दे, मैं चलती हूँ।' पूरो ने खेसों की बंधी–बंधाई गठरी सिर पर उठा ली।

'मैंने कहा, तू कौन है?' अल्लादित्ता ने पूरो की ओर घूरकर देखते हुए कहा। अब तक पूरो को गाँव की ही कोई स्त्री समझते हुए अल्लादित्ता ने ध्यान नहीं दिया था, पर खेसों की गठरी उठाते हुए उसे देखकर अल्लादित्ता ने उससे घुड़ककर पूछा।

'यह कौन है! खेस बेचती है, और कौन है!' पास से ही बुढ़िया ने उत्तर दिया।

'मैंने पहले तो तुझे कभी नहीं देखा गाँव में?' अल्लादित्ता ने पूछा।

'कितने दिनों से तो बिचारी यहाँ बेचती फिरती है!' बुढ़िया ने फिर लड़के को डाँटते हुए कहा।

'पर तू किस गाँव से आई है?' अल्लादित्ता ने पूरो की ओर देखते हुए पूछा।

'दो बच्चे मेरी गोद में हैं, गाँवों में घूम–घूमकर दो–चार पैसे कमा लेती हूँ।' पूरो का मन कर रहा था कि किसी तरह पँख लगाकर वहाँ से उड़ जाए। क्यों वह गाँव में रह गई? रात को वह भी साथ चली जाती, तो कौन उसका पता लगा सकता था!

'पर तू हिंदू है कि मुसलमान?' अल्लादित्ता का शक अभी तक दूर नहीं हुआ था। उसके दोनों साथी मुस्कराने लगे।

'क्यों भाई, क्या सलाह है? क्या अब इसे घर में डालोगे?' अल्लादित्ता के एक साथी ने चुटकी काटते हुए कहा।

'क्या कहते हो, भाई! यहा हिंदू कहाँ से आई!' पूरो ने परे पड़ी हुई जूती को अपने पाँव में अड़ाया और गठरी संभालकर बाहर जाने लगी . . .

'हिंदू का नाम उसके माथे पर तो लिखा हुआ नहीं होता।' अल्लादित्ता ने फिर ज़ोर से कहा।

'तेरा तो, भाई, शक दूर ही नहीं होता। यह देख, मेरा नाम हमीदा है।' और पूरो ने दहलीज़ में खड़े–खड़े अपनी बाँह पर गुदा नाम दिखा दिया . . .

'जा, भई जा, इसका तो सिर फिरा हुआ है।' बुढ़िया ने कहा।

'मुझे अगर कुछ पता चला, तो मैं आप आकर बताऊँगी, अम्मा!' कहते–कहते पूरो तेज़ कदमों से गली में हो ली। बावड़ी वाली कोठरी में पूरो ने अपने दोनों बच्चे छोड़े हुए थे। जावेद अब सयाना हो चला था, वह छोटे लड़के को बहलाए रखता था।

पूरो ने वह रात घड़ियाँ गिन–गिनकर काटी। दूसरे दिन सवेरे रशीद लाजो को सक्कड़आली अपने घर छोड़कर पूरो के पास लौटकर आने वाला था। वही रात रत्तोवाल में पूरो की अंतिम रात थी। पूरो तारे गिनती दोनों बच्चों को सुलाकर चारपाई पर पड़ रही . . .

आज रत्तोवाल में पूरो की मुराद पूरी हो गई थी। पिछली बार रत्तोवाल आने का ध्यान आया, खेतों में क्यारियों में अपना खड़े होना याद आया। फिर अंतिम दिन रामचंद का खेत में मिलना याद आया . . . पिछली बार पूरो ने रामचंद के खेत देखे थे . . . इस बार पूरो ने रामचंद का वह घर, वह आँगन भी देख लिया, जिसे देखने की लालसा उसे वर्षों से थी। सोचने लगी, इस घर में उसको घर की बहू बनकर आना था, इस घर में उसकी बहन ब्याह कर आई। इस घर में उसका भाई बरात लेकर आया, पर उसने इस घर का मुँह कब देखा जबकि, इस घर में घरवालों की छाया भी बाकी न

रही। इस घर के जबड़ों में उसने केवल लाजो का पिंजर देखा . . . शुक्र है, लाजो की कैद अब ख़त्म हो गई थी। पूरो फिर सोचने लगी, 'आज तो वह आप ही उस पिंजरे में फँसी हुई थी, "हमीदा" नाम ने उसे बचा लिया।'

पता नहीं, किस समय पूरो की आँख लगी और रात का अँधेरा धीर–धीरे सवेरा होने लगा . . .

सक्कड़आली में

आने–जाने का पूरा इक्का करके रशीद रत्तोवाल आया और पूरो को लेकर सक्कड़आली लौट गया . . .

लाजो की दोनों बड़ी–बड़ी आँखें बंद दरवाज़े पर ही लगी हुई थीं, उसने पूरो–हर के पहुँचने के पहले ही खड़ाक से बंद दरवाज़े का कुंड़ा खोल दिया। रशीद ने एक ताला बाहर से लगा दिया था कि जिससे गाँव के लोगों को शक न पड़े। ड्योढ़ी का दरवाज़ा अंदर से बंद करके पूरो, लाजो और रशीद

अपने मकान की सबसे पिछली कोठरी में एक बार तो ऐसे बैठ गए, जैसे शेर से डरे हुए हिरनों की डार को कोई नई खोह मिल गई हो।

लाजो और पूरो दोनों को लगा जैसे वे साथ खेली हों, साथ पली हों, दोनों एक–दूसरे की आत्मा हों, पर समय के फेर से वर्षों के लिए बिछुड़ गई हों और आज किसी तूफान के बाद, किसी आँधी के बाद दोनों फिर मिल गई हों, वर्षों के विरह की कहानियाँ दोनों के होंठों पर जमकर रह गई हों। दोनों ही अपनी–अपनी कहने को व्याकुल थीं, दोनों ही एक–दूसरे की सुनने को व्याकुल थीं . . .

खाने–पीने से निबटते–निबटते दिन अच्छी तरह उतर गया था। रशीद यह बात समझता था कि दोनों को अकेले में बैठकर एक–दूसरे से अपने दिल की कह सुन लेनी चाहिए। वास्तव में रशीद का दिल खोटा नहीं था, वह सोचता था, पूरो के साथ उसके कुछ लेने–देने के हिसाब थे, नहीं तो वह इतना बुरा आदमी नहीं था कि रास्ता चलती किसी की शरीफ बहन–बेटी को ज़बरदस्ती अपने घर में डाल लेता। पूरो को अपनी औरत बना लेने के बाद रशीद ने कभी आँख उठाकर किसी की बहन–बेटी को न देखा था . . .

दोनों बच्चों को सुलाकर दोनों जनी भीतर वाली कोठरी में खाट डालकर लेट रहीं, रशीद उस दिन साथ के बरामदे में सोया . . .

'रत्तोवाल का काफ़िला इसी गाँव से गुज़रा था।' पूरो ने ही बात चलाई।

'तूने देखा था?' लाजो और पूरो अभी तक मिलकर नहीं बैठ सकी थीं। लाजो को कुछ पता न था कि पूरो ने उस क्यों और कैसे ढूँढ़ निकाला . . .

'मैं तेरे भाई से मिली थी, तभी तो मुझे तेरा पता लगा।'

'हैं . . .'

'हाँ।' और काफ़िले के दिन वाला रामचंद का चेहरा पूरो की आँखों के सामने आ गया . . .

'तूने उसे कैसे पहचाना? तूने तो उसे कभी देखा भी न था!' लाजो के मन में अनेक बातें उठ रही थीं, कैसे पूरो की उसके भाई के साथ सगाई हुई थी, कैसे उसके भाई के साथ विवाह रचा जानेवाला था, कैसे फिर पूरो एकाएक गुम हो गई थी, फिर पूरो की छोटी बहन उसके भाई को ब्याही आई थी . . .

'मैंने उसे एक बार पहले भी देखा था।' पूरो ने रत्तोवाल के खेतों वाली बात लाजो को सुनाई। यह भी बताया कि उस समय तक उसे यह पता न था कि रामचंद उसका बहनोई बन चुका है . . .

'मुझे कभी भी कोई ख़ैर–ख़बर नहीं मिली। मरे हुओं को भी लोग याद करते हैं, उनके नाम से श्राद्ध खिलाते हैं, कभी–कभी घर में कोई मेरा नाम भी ले लेता होगा?' पूरो का गला भर आया।

लाजो ने उसे बताया कि उसका पिता तो दो साल हुए मर चुका था। उसकी माँ कई बार उसका नाम ले–लेकर रो लेती थी।

'मेरी माँ के करम, बेटी भी उसकी जीते–जी मर गई और बहू भी।' पूरो ने कहा और पूरो और लाजो दोनों रोने लगीं।

बूचड़खाने की गउओं की तरह दोनों अपनी चारपाई की पट्टियों से लगी पड़ी रहीं . . .

'तू जब वहाँ जाएगी, मेरी माँ से मिलेगी, तो उससे कहना कि एक बार मुझ जीती का मुँह तो देख ले . . .' पूरो ने रोकर कहा।

'मैं . . . मैं वहाँ कहाँ जाऊँगी?'

'तू अपने घर जाएगी, अपने पति के पास, अपने भाई के पास।'

'मैं तो जीते जी मर चुकी हूँ, मुझे अब कौन कबूल करेगा?'

'नहीं लाजो, मैं अपने जीते यह अन्याय न होने दूँगी, तू अपने घर जाएगी, तेरा इसमें क्या दोष है?'

'पर तेरा भी क्या दोष था? तुझे आज तक घरवालों ने न बुलाया!'

'मेरी बात और थी, लाजो!'

'तेरी बात और कैसे थी? तू क्या अपनी मर्ज़ी से आई थी? तू भी तो . . .'

'हाँ, लाजो, पर तब मैं अकेली थी। मेरे माँ–बाप को साहस न हुआ कि वे लोगों की बातें सुन सकें और उन्होंने अपनी ममता को अपने से उखाड़कर फेंक दिया। अब किसी एक के नहीं, सबके कलेजे पर लगी है।'

'नहीं पूरो। मेरी किस्मत अच्छी होती तो पहले ही मेरे साथ यह अत्याचार न होता, मैं जानती हूँ, मुझे कोई लेने नहीं आएगा।'

'मैं कहती हूँ, तेरे भाई का ख़त ज़रूर आएगा। हम तेरा पता देंगे और वह तुझे लेने ज़रूर आएँगे। मेरा भाई देखने में कैसा लगता है?' पूरो ने लगाव से पूछा।

लाजो को अपने पति का ध्यान आया, वह कैसे उसको देख सकेगी, वह कैसे घर वालों के सामने पड़ सकेगी, लाजो सोचने लगी, पर लाजो के दिल में विश्वास था कि उसे लेने कोई नहीं आएगा, वैसे मन के लड्डू वह जितने चाहे फोड़ ले!

'नहीं, लाजो! कोई न कोई तुझे लेने ज़रूर आएगा। आज किसी को शिकायत नहीं, सब अपनी बेटियों, बहनों को ले जा रहे हैं। रशीद कहता है उधर से भी ढूँढ़–ढूँढ़कर लोग अपनी औरतों को वापस ला रहे हैं। कइयों के तो बच्चे भी हो गए हैं।' और फिर दोनों की दोनों गुमसुम होकर औरत की इस विवशता पर सोचने लगीं?

लाजो सोचने लगी, आज तक उसके घर कोई बच्चा नहीं हुआ था, पता नहीं उसमें क्या दोष था! आज यही दोष उसे फला, नहीं तो न जाने उसकी क्या हालत होती?

'जहाँ वे एक के लिए रोते हैं, अब दो के लिए रो लेंगे। मैं कहीं नहीं जाऊँगी, पूरो, मैं क्या मुँह लेकर जाऊँगी? मैं तेरे बच्चों की टहल करके रोटी खा लूँगी।'

'ऐसे क्यों कहती है, लाजो! मेरे घावों पर नमक मत छिड़क। यह तेरा अपना घर है। पर लाजो, वे तुझे ज़रूर ले जाएँगे। मैं सारी दुनिया का वास्ता देकर उन्हें मना लूँगी।'

पूरो ने लाजो को अपनी बाँहों में ले लिया।

'तू अपने घर में ठीक है पूरो?'

'रशीद का पीठ पीछा सुनता है। पहला गुनाह जो उसने किया सो तो किया, पर उसके बाद उसने मुझे कभी बुरा–भला नहीं कहा। वह मेरे साथ न होता तो मैं तुझे खोजकर कैसे ले आती?'

'मुझे ले आने में उसने अपनी जान बड़ी जोखिम में डाली। जो कहीं उस राक्षस को पता चल जाता, तो वह मेरी उसकी हड्डियों को फूँककर ही पानी पीता . . .'

'वे कहाँ फूँकते हैं बावली! वे लोग तो गाड़ देते हैं।' पूरो हँस दी . . .

'कुछ सही, पर पूरो, कहीं वह इस गाँव का पता तो नहीं लगा लेगा? मेरा तो जी डरता है, कहीं तुम्हारा बसा हुआ घर न उजाड़ दूँ।'

'अभी तक तो उन्हें तेरी परछाई का भी पता नहीं लगा है!' और पूरो ने लाजो के खो जाने के बाद बुढ़िया और बुढ़िया के बेटे से अपने मिलने की सारी बात कह सुनाई . . .

'पहले भी इसी पिछली कोठरी में कई दिनों तक मैंने एक हिंदू लड़की छुपाकर रखी थी। किसी को उसकी हवा तक न लगने दी, फिर उस दिन मैं उसे काफ़िले में छोड़ आई। तुझे भी यहाँ भीतर चोरी–चोरी रखूँगी, ताकि गाँव में कहीं कुछ बात न उड़ जाए। जिस दिन चिट्ठी–पत्तर आ गया, तुझे

चुपके से ले जाकर लाहौर छोड़ आएँगे। किसी को कानोकान ख़बर भी न होगी।'

'और जो उनका पत्तर न आया . . .'

'मेरा दिल गवाही देता है, लाजो! तेरा भाई अवश्य पत्र लिखेगा . . .

हिचकोले

दिन पर दिन बीतते गए, भोर होती, साँझ होती। न लाजो की ख़बर घर के बाहर निकली, न लाजो के घरवालों की कोई ख़ैर-ख़बर आई। वैसे पूरो और लाजो हर घड़ी साथ रहती थीं। रात को जब उनकी आँखों में नींद घुल जाती, दोनों की आँखों में सपने बिखर जाते थे। मुँह-अँधेरे उठकर वे बातें करने लगतीं, सपनों शकुन-अपशकुन विचारतीं। कितनी ही बार लाजो चूल्हे में से कोयला निकालकर धरती पर लकीरें खींचने बैठ जाती, कभी शकुन शुभ निकलता, कभी अशुभ। कभी बातें करते लाजो की आँखों से

आँसुओं की धाराएँ बह निकलतीं, कभी वह पूरो के बच्चों के साथ खेलकर अपना जी बहला लेती। वैसे लाजो के मन में प्रायः निराशाजनक बातें ही उठा करती थीं। उसे आशा नहीं थी कि कभी कोई उसकी ख़बर लेगा; पर पूरो के मन को अंदर से न जाने कौन बढ़ावा देता था कि किसी दिन चुपके से कोई आ पहुँचेगा, किसी दिन अचानक ही कोई चिट्ठी–पत्तर आ जाएगा, लाजो के दिन फिर जाएँगे। पूरो ने अपनी ओर से लाजो का आतिथ्य सत्कार करने में कोई कसर न उठा रखी थी। वह सोचती थी कि लाजो थोड़े दिनों के लिए धरोहर के रूप में उसके पास है, फिर शायद वह उससे कभी न मिल सकेगी, कभी न देख सकेगी, और कौन उसके घर रहने को आएगा, कौन उसे मिलने को आएगा! उसके अपनों में से लाजो ही उसके घर की पहली और आख़िरी अतिथि थी।

दिन के प्रकाश में लाजो ने कभी ड्योढ़ी न लाँघी थी। रात के अँधकार ने लाजो का रहस्य सुरक्षित रखा था; पर गाँव के डाकिये ने तीन पैसे वाला कार्ड भी उसके आँगन में न फेंका . . .

लाजो और पूरो के चेहरे पर चिंता की रेखाएँ दीखने लगीं। लाजो के मन को केवल एक संतोष था कि पूरो और रशीद ने कभी उसे जी छोटा करने न दिया, पर सारा–सारा दिन छिपे हुए, दुबके हुए लाजो सोचती कि पहाड़ जैसी उम्र उसके सिर पर लटक रही है, उसका क्या होगा?

पूरो का किसी से बहुत आना–जाना नहीं था। लाजो पिछली कोठरी में ही उठती–बैठती थी। दोपहर को कभी–कभी दोनों जनी बाहर का कुंडा लगाकर चरखा कातने बैठ जाती थीं। दिन बीत जाता था, पर उनकी चिंता न बीतती थी . . .

जाड़ा बीत चुका था। फागुन का भी पिछला पक्ष आ गया था। पानी में ठंड न रही थी। एक दिन ढलती दोपहरी के समय जब रशीद ड्योढ़ी लाँघकर घर आया तो लाजो और पूरो को देखते ही उसकी आँखें डबडबा आईं . . .

सहमी हुई दोनों उसके पास आईं। कई मिनट तक वह कुछ न बोल सका। लाजो को लग रहा था, कोई उसके कलेजे को बाहर खींच रहा है। उसे एक यही डर था कहीं रत्तोवाल की बुढ़िया और उसके बेटे को लाजो का पता चल गया है, वे उसे ज़बरदस्ती घसीटकर ले जाएँगे, पता नहीं पूरो पर क्या बीते?

रशीद चारपाई की पट्टी पर बैठ गया, कुर्ते की बाँह से दोनों आँखें पोंछकर उसने लाजो की पीठ पर प्यार से थपकी दी। उसके हाथों में वही ममता थी, जो एक पिता को लड़की को ससुराल भेजते समय होती है। रशीद का दिल भर आया। उसने अपने को थाम कर कहा, 'आज रामचंद आया है।'

'यहाँ?' लाजो और पूरो एकसाथ बोल उठीं . . .

'हाँ, साथ में हिंदुस्तान पुलिस के कुछ सिपाही हैं, कुछ पाकिस्तान के। लोग इसी तरह गाँवों और शहरों में खोई हुई लड़कियों को ढूँढ़ रहे हैं। रामचंद मुझे अकेले में भी मिला था।' रशीद कह रहा था।

'सचमुच मुझे लेने आए हैं?' लाजो ने पूछा।

'पगली कहीं की और वह यहाँ क्या करने आए हैं?' रशीद ने कहा।

पूरो अभी चुप बैठी थी। उसे अपने अंतर में एक अजीब ख़ुशी का अनुभव हो रहा था, उसका विश्वास सत्य हुआ था। वह जानती थी, रामचंद आएगा वह जानती थी, उसकी भाभी अपने ठिकाने पहुँच जाएगी।

'क्या अकेला आया है?' लाजो ने पूछा।

रशीद समझ गया कि लाजो के इस प्रश्न का क्या अर्थ है।

बोला, 'हाँ, अभी तो अकेला आया है, पर तू चिंता न कर, तेरे घर के सब तुझे सिर आँखों पर बिठलाकर ले जाएँगे।'

लाजो के मन को कुछ धीरज हुआ।

'तेरा नाम सुनकर, तेरी ख़बर सुनकर रामचंद रोता रहा, उसके आँसू किसी तरह थमते न थे। मेरा जी भी भर–भर आता था।' रशीद की आँखें फिर भर आईं। लाजो और पूरो रोने लगीं . . .

'मैंने उन्हें अच्छी तरह समझा–बुझा दिया है। आज तुझे यहाँ पर इसी तरह दे देने से सारे गाँव को ख़बर हो जाती। कौन जाने बात रत्तोवाल तक भी पहुँच जाती। मैंने उनसे कहा है, तुम वापस लाहौर चलो, मैं लड़की को लेकर लाहौर पहुँचता हूँ, वहाँ तुम्हारे हवाले कर दूँगा।'

'यह अच्छा किया।' पूरो ने कहा।

'हम वहाँ आज से पाँचवे दिन पहुँचेगे। तब तक वह अमृतसर से पूरो के भाई को भी बुला लेंगे। मैंने सोचा, एक बार पूरो भी अपने भाई से मिल लेगी।' रशीद लाजो की पीठ पर हाथ फेरता हुआ कह रहा था . . .

पूरो की रुलाई निकल गई। लाजो ने पूरो की गोदी में सिर रखकर उसे अपने से चिपटा लिया। दोनों एक–दूसरे में खोई हुई थीं।

लाहौर का रास्ता मुश्किल से कोई डेढ़ दिन का था। यहाँ से चलने में अभी पूरे तीन दिन बाकी थे।

अगले दिन पूरो ने बेसन मँगवाया, इकट्ठा किया हुआ मक्खन निकाला, बादाम और मेवा डालकर पूरी दिन भर लड्डू बनाती रही। जैसे लड़कियों को ससुराल विदा करते समय किया जाता है, पूरो ने एक रेशमी जोड़ा निकाला। लाजो को वह बार–बार अपने गले से लगाती, बार–बार उससे मिलकर रोती।

पिछले चार दिन से पूरो के मन में अनेक प्रकार के विचार उठते रहे थे, उसकी रातें सोचते–सोचते बीती थीं। पूरो अपने मन में निश्चय करती 'मैं लाजो से कहूँगी, मेरी माँ से जाकर यह कहना, मेरी माँ को जाकर यह बताना। उससे कहना, एक बार मुझ जीती का मुँह तो देख ले . . .' सोचते–सोचते पूरो का गला भर आता, सोचते–सोचते फिर पूरो को कहने

के लिए बहुत कुछ सूझता, सोचते–सोचते फिर पूरो के मुँह से एक बात भी न निकलती . . .

लाजो को अपने भाई और अपने पति को देखना बड़े ही अचरज की बात जान पड़ती थी। ऐसी ही, जैसे कोई मरकर अगली दुनिया में बिछुड़े हुए लोगों से मिलने की उम्मीद रखता हो। यद्यपि लाजो को अपने घरवालों से बिछुड़े हुए पाँच–छह महीने ही हुए थे, उसको लगता था कि एकबार मरकर इस धरती पर जीवित हो गई है . . .

सारे रास्ते दोनों का मन हिचकोले खाता रहा।

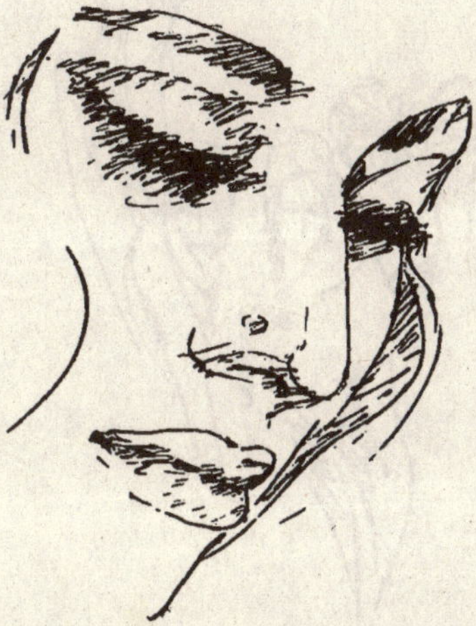

एक घड़ी

पुलिस के पहरे में जब वे मिले, लाजो से अपनी पलकें उठाए न उठती थीं। पूरो ने अपने भाई की ओर देखा। मिलन की इस एक घड़ी के एक ओर चिरकाल का बिछोह था। और दूसरी ओर असीम विछोह दिख रहा था। किसी के भी आँसू थमने में न आते थे . . .

मरद–मानसों का जिगरा भी टूट गया था। होनी का जो यह पहाड़ उन पर टूट पड़ा था, उसके आगे किसी को किसी से कुछ पूछना न रह गया था। रो–रोकर उन्होंने अपने हाथ भिगो लिए।

'सुनना जी! कभी भूल से भी लाजो का निरादर न करना!' सबसे पहले पूरो बोली।

लाजो के पति का मुँह नीचा था, लाजो के भाई का मुँह नीचा था . . .

'पूरो हमें लज्जित न कर।' लाजो के भाई ने कहा।

लाजो का पति कुछ न बोल सका। शायद वह कुछ सुन भी न सका था। आज उसने केवल अपनी खोई हुई पत्नी ही नहीं देखी थी, बल्कि अपने होश संभालने से पहले की खोई हुई अपनी बहन को भी देखा था। वर्षों से उसके दिल में एक आग सुलगती रही थी, जिसकी एक चिनगारी उसने रशीद–हर के खेत में लगा दी थी, जिससे सब कुछ जलकर राख हो गया था। अनेक वर्षों से वह उस राजकुमारी की कहानी के संबंध में सोचता रहा था, जिसे एक दैत्य चुराकर ले गया था और फिर पूर्व देश का एक राजकुमार उसे अपने जादू के तीरों के बल से छुड़ाकर लाया था। छुटपन में उसने कई बार साधु–संतों से जादू के वे तीर माँगे थे। बड़े होने पर पूरो के ध्यान से वह व्याकुल हो उठता था। आज वर्षों की खोई हुई पूरो उसकी आँखों के सम्मुख बैठी थी। इस घड़ी वह भूल गया था कि रशीद ने उसकी पत्नी को बचाया है, इस घड़ी उसे केवल यही याद था कि रशीद उसकी बहन को उठाकर ले गया था . . .

पुलिस की लारी तैयार हो गई। हिंदुस्तानी पुलिस के सिपाहियों ने आवाज़ दी, 'उधर जानेवाले हिंदू एक ओर हो जाएँ, लारी तैयार है।'

रामचंद ने रशीद को बार–बार अपने गले से लगाया कहा 'भाई, तेरी बड़ी मेहरबानी, मैं तेरा अहसान कभी नहीं भूलूँगा।' रशीद की आँखें लाजो को बचाने के बाद भी लज्जित थीं। उसे पूरो को उठाकर भगा लाना याद

आ रहा था, फिर भी उसे लग रहा था कि उसके सिर का कर्ज़ कुछ न कुछ कम हो रहा था . . .

आवाज़ फिर आई, 'उधर जानेवाले हिंदू एक ओर हो जाएँ!'

पूरो ने वह रेशमी जोड़ा और बेसन के लड्डुओं की गठरी लाजो के हाथ में थमा दीं, लाजो को अपने गले से लगाया और फिर भाई से अंतिम बार मिलते हुए उसके गले से लिपट गई।

'पूरो . . . !' पूरो का भाई केवल इतना कह सका और उसने पूरो की बाँह को कसकर पकड़ लिया . . .

'मेरी बात सुन, इस समय . . .' पूरो के भाई ने कहा और पूरो अपने भाई की बात समझ गई। पूरो के मन में भी एकबार आया 'जो मैं इस समय कह दूँ मैं एक हिंदू स्त्री हूँ तो मुझे वह इन सबके साथ लारी में बिठाकर ले जाएँगे। मैं भी लौट सकती हूँ, मैं भी लाजो की तरह देश की हज़ारों लड़कियों की तरह . . .'

पूरो की आँखों में आँसू भर आए। उसने धीरे से अपने भाई के हाथ से अपनी बाँह छुड़ा ली और परे खड़े हुए रशीद के पास जाकर अपने बच्चे को उठाकर अपने गले से लगा लिया। कहा, 'लाजो अपने घर लौट रही है, समझ लेना कि इसी में पूरो भी लौट आई। मेरे लिए अब यही जगह है।'

रामचंद ने नतमस्तक हो पूरो के आगे हाथ जोड़े, शायद अंतर की कोई पीड़ा उसके होंठों पर आकर जम गई थी, वह कुछ बोल न सका . . .

'चाहे कोई लड़की हिंदू हो या मुसलमान, जो लड़की भी लौटकर अपने ठिकाने पहुँचती है, समझो कि उसी के साथ पूरो की आत्मा भी ठिकाने पहुँच गई।' पूरो ने अपने मन में कहा और अपनी आँखों को धरती की ओर झुकाकर रामचंद को अंतिम प्रणाम किया . . .

लारी चल पड़ी थी, ख़ाली सड़क पर धूल उड़ने लगी . . .

एक ख़ाली जगह

ख़ामोशी की लकीर पर पाँव रखकर आज फिर मुक्ता के लिए दिलीप राय के घर से शादी का संदेश आया . . .

तीन महीने पहले भी आया था . . .

यह संदेश जैसे एक स्थूल चीज़ हो और रात के अँधेरे में न जाने घर के खुले हुए दरवाज़े से भीतर आई हो, या सबकी आँख बचाकर खिड़की के रास्ते। पर उस रात मुक्ता को लगा, जैसे उसकी चारपाई की पट्टी को

पकड़कर वह धीरे से चारपाई के ऊपर आ गई हो, और मुक्ता की बाँह से लगकर वह सारी रात चारपाई पर सोती रही हो . . .

नींद में करवट बदलते समय भी मुक्ता को आभास होता रहा, जैसे वह अभी उसकी दाईं तरफ थी और अभी बाईं तरफ हो गई, जिधर उसने करवट बदली . . .

बहुत नरम, हिलती हुई, और जीवित चीज़ . . .

उस दिन सवेरे मुक्ता रोज़ की तरह सहज नहीं जागी, आँख खुली तो उसका अपना हाथ पास की ख़ाली जगह को टटोल–सा रहा था . . .

और फिर वह चौंककर चारपाई से उठी थी और उठकर भी ख़ाली चारपाई को देखे जा रही थी, जैसे वह चीज़ अगर इस समय चारपाई पर नहीं थी तो कहाँ थी . . .

बिखरे हुए मन को वह शीशे के सामने खड़े होकर देखने लगी, पर खड़े–खड़े शीशे में जैसे वह ख़ुद उतर गई . . .

और शीशे में उतरे हुए उसके होंठ तीन महीने से ख़ामोश थे . . .

यह ख़ामोशी की एक लकीर थी, जो मोतियाखान की घनी और तंग आबादी की एक गुमनाम–सी गली में रहनेवाली मुक्ता के घर से लेकर दिल्ली के एक ख़ूबसूरत टुकड़े पंचशील पार्क के दिलीप राय के घर तक खिंची हुई थी . . .

और उसी ख़ामोशी की लकीर पर पाँव रखकर आज फिर मुक्ता के लिए दिलीप राय के घर से शादी का संदेश आया था . . .

निम्नमध्यम श्रेणी के घरों की एक खास गंध होती है, चारपाइयों के नीचे घुसाकर रखे हुए ट्रंकों और टीन के डिब्बों की तरह हर समय घर में छिपकर बैठी हुई भी और खूँटियों पर लटकते हुए मैले घिसे कपड़ों और राम, कृष्ण

या हनुमान के कैलेंडरों की तरह घर की दीवारों पर जमकर निःशंक खड़ी हुई भी . . .

मुक्ता जानती थी कि उसने जब भी इस घर की गंध से उबरना चाहा था, यह गंध बहुत तीखी हो गई थी। गाढ़ी इतनी कि मुक्ता को इससे बाहर निकलने का कोई रास्ता दिखाई नहीं देता था। उसने कॉलेज की पढ़ाई की थी, पर वह उसे इस गंध से बाहर नहीं निकाल सकी थी। यह केवल समय के साथ थोड़ा-सा अपनी जगह से सरकता हुआ उसके माँ-बाप का दृष्टिकोण था, एक मजबूरी थी कि पढ़ाई का एकाध टुकड़ा अब उनकी श्रेणीवाले लोगों में भी लड़कियों के दहेज का हिस्सा हो गया था . . .

और गत वर्ष मुक्ता ने एक चेतन प्रयत्न किया था, जब शहर की सबसे सुंदर लड़की का चुनाव होना था तो उसने अपना नाम आवेदन-पत्र पर लिखा था और फिर अपने कद को और कमर को नाप कर जब बाकी विवरण को उस पर भर रही थी — कद पाँच फुट छह इंच, कमर बाइस इंच, छाती बत्तीस इंच, तो घर की गंध एक आँधी की तरह सारे घर में तेज़ चलने लगी थी और आवेदन-पत्र पर लिखा हुआ मुक्ता का नाम अपनी लकीरों में ही काँपकर रह गया था . . .

घर की सब चीज़ें, जब से वह देख रही थी, स्थिर थीं- घर की ईंटें भी, जो उसके पिता के पिता ने चिनवाई थीं, माँ के कमरे में छोटे शीशेवाला पलंग भी, जो माँ की सास के दहेज में आया था और चौके की टूटी-सी गागर और वह चू रही बटलोई भी, जिस पर घर के एक पुरखे का नाम ख़ुदा हुआ था-चंदासिंह।

और मुक्ता जानती थी कि उसकी माँ का जल्दी से लड़की के हाथ पीले करने का वह सपना भी स्थिर था, जो कभी उसने अपनी माँ से विरसे में पाया था . . .

केवल चीज़ें ही नहीं, घर की वह गिनती भी स्थिर थी, जो घर की हर बेटी के घर से जाने के समय और हर बहू के घर आने के अवसर पर पूरी होती है। दहेज के पाँच गहने और ग्यारह सूट, लड़के की अँगूठी और घड़ी, समधिन का रेशमी सूट और सोने की माला, समधी का गर्म दुशाला और इक्यावन रुपए, इक्कीस रुपए बड़े भाई के, ग्यारह छोटे के . . .

बैठी उँगलियों पर हिसाब लगाती माँ के मुँह से यह गिनती मुक्ता ने इतनी बार सुनी थी कि वह गिनती भी एक स्थिर वस्तु की तरह उसे घर में पड़ी हुई जंतरी के समान दिखाई देने लगी थी . . .

निरी जंतरी ही नहीं, मुक्ता को लगता, यह घर की हर लड़की की जन्मपत्री है . . .

और वह सोचती यह एक वर्तमान है, जो एक पीढ़ी से रेंगता–रेंगता दूसरी पीढ़ी तक पहुँच जाता है और हमेशा स्थिर दिखाई देता है . . .

यह स्थिरता, मुक्ता को विश्वास है, इसी तरह रहनी थी, पर अचानक, जो इस घर के सपनों से परे था, वह घट गया और यह स्थिरता कहीं भीतर से हिल गई जो अभी भी हिल रही है, जैसे भूकंप के बड़े झटके के बाद फिर कई बार छोटे–छोटे झटके आते रहते हैं . . .

उसका पहला झटका था कि मुक्ता के पिता कितने ही समय तक अपने कानों को टटोलकर देखते रहे थे, विश्वास नहीं बंधता था कि वह संदेश उन्होंने अपने कानों से सुना है . . .

मुक्ता के पिता शहर के एक उस पुराने वकील के मुंशी थे, जिनका सबसे बड़ा और सबसे अमीर मुवक्किल दिलीप राय का पिता था, जिसकी बहुत बड़ी ज़मींदारी थी और जिसके झगड़ों को निबटाने के लिए वकील की बंधी हुई तनख़्वाह होती थी और उसके अलावा, जब दिलीप राय के पिता ने एक्सपोर्ट का काम शुरू किया तो फॉरेन एक्सपोर्ट के मामले में उनका वकील रिज़र्व बैंक से काम निकालने के लिए बंबई जाया करता था . . . और

उसके लिए हर बार हवाई जहाज़ का टिकट लाते समय उसके मुंशी की आँखों के आगे मुवक्किल की अमीरी एक अचंभे की तरह थी। और अब जब उसी घर से उसकी अपनी बेटी के लिए शादी का संदेश आया, तो वह सचमुच चकरा गया . . .

मोतियाखान जैसे इलाके की एक गुमनाम–सी गली के इस घर में वास्तव में एक भूकंप आ गया . . . पैग़ाम आया, तो मुक्ता की माँ ईंटों के दरज़ वाले फ़र्श पर एकबार इस तरह फिसल पड़ने को हुई, जैसे वह सफ़ेद सीमेंट का अभी–अभी टाटरी से धोया और वैक्स से पॉलिश किया हुआ फ़र्श हो . . .

यह भूकंप मुक्ता के मन में भी आया, पर उस तरह नहीं, जैसे माँ के या पिता के मन में आया था . . .

दो

अभी पूरा एक वर्ष भी नहीं हुआ था जब मुक्ता ने दिलीप राय का घर देखा था। एक संयोग था, जब दिलीप राय की रिश्ते में बहन लगनेवाली एक लड़की कुसुम, मुक्ता के कॉलेज अपनी किसी पुरानी सहेली से मिलने के लिए आई थी और दोनों की परिचित उस लड़की ने उसकी मुक्ता से भेंट कराई थी, उसी दिन कोई एक घंटे के लिए वे तीनों दिलीप राय के घर गई थीं . . .

अमलतास के पीले गुच्छों और गुलमोहर के लाल फूलों से घिरे हुए मकान की एक झलक–सी आज भी मुक्ता को याद हो आई तो मन में से एक सुगंध–सी आने लगी . . . पर इस तरह, जैसे यह सुगंध उसके लिए वर्जित हो . . .

उस दिन उसने कुछ मिनट के लिए दिलीप राय को भी देखा था, उसकी पत्नी को भी और उसके लगभग एक वर्ष के बच्चे को भी . . .

वह सब कुछ ख़ूबसूरत था, पर जब दूर था, तो बेगाना था, सहज था। अब जब वह सबकुछ सरक कर उसके पास आ रहा था, उसके हाथों तक और उसके तन से गुज़रकर उसके मन तक, कुछ भी सहज नहीं हो रहा था . . .

वह जो पूर्ण था, साबुत, सालिम, उसमें से मौत ने एक टुकड़ा तोड़ लिया था, दिलीप राय की पत्नी को, और अब उसी ख़ाली जगह को भरना था, मुक्ता से . . .

शादी का यह पैग़ाम, मुक्ता को लग रहा था, जैसे एक ख़ाली जगह का पैग़ाम हो . . .

एक मर्द के मन का नहीं, केवल घर में ख़ाली हुई एक जगह का . . .

उस घर से एक औरत आई थी, दिलीप राय की माँ नहीं, कोई और औरत, कह रही थी— वह तो ब्याह की बात ही नहीं सुनता था, जैसे वैराग धारण कर लिया हो . . . बड़ी मुश्किल से माँ ने मनाया है . . .

और यह, मुक्ता को लगा, मर्द के मन का नहीं, घर में ख़ाली हो गई एक जगह का तक़ाज़ा है . . .

एक गड्ढे को भरने की तरह . . .

एक मोखले को बंद करने की तरह . . .

एक दरार को लीपने की तरह . . .

'पर मैं क्यों . . . मेरी जगह कोई भी हो सकती थी . . . कोई भी . . .' और मुक्ता के मन में आया– 'वह जिधर नज़र करता, कुछ भी उसके लिए हाज़िर हो जाता . . . कुछ भी उसकी पकड़ के बाहर नहीं है . . . फिर केवल मैं क्यों?'

और मुक्ता के मन में एक गर्म लकीर–सी खिंच गई, 'उसने मुझे एक बार देखा है शायद कुछ वही उसके मन में अटक गया हो . . . शायद . . .'

और शायद की कच्ची–सी आस को पकड़ते हुए मुक्ता उस जगह की ओर देखने लगती, जहाँ अभी अँधेरा था और जहाँ से अभी कोई पहचान नहीं उठ रही थी . . .

तीन

कॉलेज वाली सहेली आई, एक ख़बर की तरह और हँसती रही, 'सो तू शहर की सबसे सुंदर लड़की चुनी गई . . . मिस दिल्ली . . .'

मुक्ता का हाथ अँधेरे में किसी चीज़ से टकराया, शायद एक सहारे से। हौसले से पूछना चाहा, 'मेरा ख़याल किसे आया, माँ को या ख़ुद उसे . . . या केवल उसे, जो रिश्ते में उसकी बहन लगती है?' पर मुक्ता पूछ न सकी, हाथ अँधेरे में मूर्च्छित–सा हो गया . . .

और फिर अँधेरा और गाढ़ा हो गया . . .

वही औरत एक बार फिर आई और मुक्ता की माँ के पास बैठकर मुक्ता के भाग्य को सराहते हुए कहने लगी, 'एक तो इसके नसीब जाग जाएँगे और दूसरे उस बिलखते हुए बच्चे के, जिसकी माँ भगवान ने छीन ली . . .

और जब माँ शब्द मुक्ता के कुँआरे अंगों से टकराया, उसके सब अंग घबराकर उसकी ओर देखने लगे . . .

लगा, उसके पैरों के नीचे उसकी अपनी कोई धरती नहीं है . . . कभी नहीं होगी . . . उसे सदा उस धरती पर खड़े होना पड़ेगा, जो किसी और के पैरों के लिए थी . . .

पत्नी कोई और थी, उसे केवल उसकी जगह पर बैठना है

माँ कोई और थी, उसे केवल उसकी जगह खड़ा होना है . . .

अँधेरा शायद बहुत गाढ़ा होकर ठोस दीवार के समान हो गया। उसने दीवार से सिर को टिकाया तो विचार भी अंगों की तरह निढाल से हो गए 'किसी की जगह पर खड़ी हुई मैं जब नज़र आऊँगी, एक अजनबी, तब वह बच्चा ज़ोर से रो पड़ेगा, उसका बाप भी . . . शायद ज़ोर से नहीं, धीरे से, मन में . . .'

और मुक्ता को लगने लगा, वह क़ब्र पर बैठे हुए एक प्रेत जैसी हो जाएगी . . .

शादी के आए हुए पैग़ाम को 'हाँ' करनी थी, पर मुक्ता से हाँ न हुई, होंठ भिच गए, पिता के आदेश के आगे भी, माँ की मिन्नत के आगे भी . . .

और मुक्ता के होंठों पर जमी हुई ख़ामोशी एक लकीर बनकर वहाँ तक फैल गई, जहाँ से शादी का पैग़ाम आया था . . .

चार

तीन महीने बीत गए . . .

पर ख़ामोशी की लकीर पर पाँव रखकर आज फिर वह संदेश आया, शायद मुक्ता के विचारों को टटोलता हुआ और यह कहता हुआ कि बच्चा दादी के पास रहेगा, पंजाब में, यहाँ दिल्ली में नहीं . . .

माँ ने मुक्ता पर गुस्सा करके उसकी ख़ामोशी को तोड़ देना चाहा, ख़ामोशी छिल–सी गई, माँ के शब्दों से खुरच–सी गई, लेकिन टूटी नहीं . . .

मुक्ता के अपने मन में उसकी जीभ जैसे कट गई हो, वह बोल नहीं पा रही थी . . .

लगा, कभी नहीं बोला जाएगा, 'हाँ' कहने के लिए भी नहीं, 'नहीं' कहने के लिए भी नहीं . . .

जानती थी, दुनिया की कोई औरत नहीं होती, जो एक बार अपने अस्तित्व के पूरे ज़ोर से एक मर्द को आवाज़ देना न चाहती हो . . .' मैं भी चाहती हूँ' वह सोचती, पर देखती, आवाज़ भीतर कहीं, गले से भी नीचे, अटककर खड़ी हो गई है . . .'

'शायद कभी होंठों पर नहीं आएगी', वह मन में कल्पना करके दिलीप राय को देखने लगी। अपना बनाकर, मन के ज़ोर से भी, कानून के ज़ोर से भी, पर जहाँ जो 'कुछ पराया था, वह उसी तरह रहा . . . पराया भी और वर्जित भी . . .

और मुक्ता को लगा, कभी कुछ भी अपना नहीं होगा . . . न किसी रस्म के ज़ोर से, न कभी बरसों के ज़ोर से . . .

जहाँ तक भी मुक्ता देखती, दूर तक दिखाई देता, दिलीप राय जिस हैसियत का है, अगर कभी उसे ज़िंदगी का पहला चुनाव करना होता तो वह मुक्ता नहीं हो सकती थी . . . रास्ते में बहुत कुछ आ जाता, मोतियाखान की तंग गली, एक बेचारा–सा, सिर झुकाकर खड़ा हुआ मकान . . . मुंशी पिता की अपनी हड्डियों के समान गुच्छा–सी हैसियत . . . और . . . और . . .

मुक्ता के लिए यह 'और' बहुत इधर थी, और दिलीप राय का अस्तित्व बहुत परे था . . .

अनेक 'और' उसके पास आकर खड़े हो गए, तो मुक्ता को लगा, जैसे वह और कुछ नहीं, केवल किसी मरनेवाली की क़ब्र पर डाली जानेवाली मिट्टी की आख़िरी मुट्ठी है . . .

आख़िरी मुट्ठी एक क़ब्र की लाश को ढँकने का आख़िरी जतन होता है, मुक्ता ने एक दार्शनिक की तरह सोचा, पर साथ ही उसे लगा, जैसे मिट्टी में रेंगता हुआ एक कीड़ा उसके बदन पर चढ़ रहा हो . . . उसके नंगे मांस को टटोलता, सूँघता और उसके लहू में से एक घूँट पीकर उसके मांस के साथ खेलता हुआ . . .

पाँच

मुक्ता ने चौंककर अपनी ओर देखा, हे ईश्वर! क्या मेरे मन में मुझसे भी चोरी, उसने इतना प्यार कर लिया है कि मैं उन बरसों को सह नहीं पा रही हूँ, जब वह मेरा नहीं था, किसी और का था . . . किसी और का मर्द . . . किसी और के बच्चे का बाप . . .

और मुक्ता ने अपना होंठ दाँतों से काट लिया, हे ईश्वर! क्या मरी हुई औरत का अस्तित्व भी मुझसे सहा नहीं जा रहा है? . . .

और उसे लगा, जैसे इन सब महीनों की ख़ामोशी और कुछ नहीं थी, केवल एक गिला थी, उससे जो उसका था, केवल उसका और जिसने उससे मिलने से पहले उसके साथ बेवफ़ाई की थी . . .

मन एक लंबी गुफा बन गया और उसमें से गुज़रती हुई मुक्ता को शादी का पैग़ाम देनेवाला दिलीप कभी इतना अपना लगता रहा, जैसे होंठों

की साँस से भी ज़्यादा नज़दीक हो और कभी इतना पराया कि आँखों की पहचान से भी परे हो . . .

आज फिर एक रात आई, जब यह पैग़ाम फिर एक बार जीती–जागती चीज़ की तरह उसे कमरे में आता हुआ लगा और फिर उसकी चारपाई पर आकर उसकी बाँह से लगकर उसके पास सोता रहा . . . बहुत कोमल, सजीव और छोटी–छोटी साँस लेता हुआ . . .

सवेरे तड़के जैसे ही आँख खुली, मुक्ता को लगा, बहुत दिनों बाद आज का दिन शांत है। शायद उसने दिलीप के बीते हुए वर्षों को भी स्वीकार कर लिया है और उसके बच्चे को भी . . .

'बच्चा दादी के पास रहेगा . . . पंजाब में . . . यहाँ दिल्ली में नहीं . . .' मुक्ता चारपाई पर से उठकर अंदर अपने कमरे की ओर जाने लगी तो ये शब्द उसके पैरों में चुभ गए . . . ये शायद कल से वहीं बाहर आँगन के फ़र्श पर पड़े हुए थे . . .

लगा, जैसे पाँवों से लहू बहने लगा हो . . .

आश्चर्य भी हुआ कि एक ही शब्द एक ही समय में सर्वथा विपरीत अर्थ कैसे रखते हैं? यही शब्द थे, कल इन्हें सुना था, तो मन को कुछ सुख देते हुए से लगे थे, झूठमूठ के 'माँ' शब्द से उसे मुक्त करते हुए से और दिलीप के बीते हुए वर्षों की गवाही को हर समय देखने की विवशता से स्वतंत्र करते हुए से। पर कल और आज के बीच कुछ घटित नहीं हुआ था, फिर भी ये शब्द आज शीशे की किरचों की तरह, किसी और को नहीं, उसके अपने ही मांस को छीलने लगे थे . . .

'माँ हिप्पोक्रेट है . . . शायद सारी मध्य श्रेणी हिप्पोक्रेट होती है . . .' मुक्ता के होंठों पर हँसी–सी आ गई। याद आ रहा था, कल माँ ने ये शब्द सुने थे, तो एक पीड़ा अंतर में उतर गई थी जैसे बच्चे को घर से दूर भेजकर बच्चे पर जुल्म किया जा रहा हो . . . पर वह औरत चली गई, तो उन्हीं

होंठों से माँ ने एक सुख की साँस ली, कहने लगी, 'चलो, यह भी अच्छा हुआ . . . सौतेले बच्चे पालने कोई आसान होते, जी के जंजाल होते हैं . . .'

और मुक्ता को अपने प्रति एक तरह की तस्कीन हुई, 'मैं कुछ भी हूँ, माँ जैसी नहीं हूँ। जो कुछ मन में है, वही होंठों पर रख कर देख रही हूँ . . . मेरा कल का चैन भी सच था और आज की बेचैनी भी सच है . . .'

'हाँ' और 'नहीं', जैसे दो इलाके हों, शायद एक–दूसरे के दुश्मन इलाके और मुक्ता दोनों सीमाओं के बीच की ख़ाली जगह पर खड़ी हो . . .

पता था, बहुत देर तक इस जगह पर खड़े नहीं रहा जा सकता, पर पैर किसी भी तरफ नहीं उठ रहे थे . . .

यह 'हाँ' या 'नहीं' कह सकने वाली स्वतंत्रता की विवशता थी . . .

और इस जगह खड़े मुक्ता को एक बार माँ पर रश्क हो आया, जिसकी आँखों में अमीरी की ऐसी चकाचौंध है कि वही सच है और उसके सिवा जो कुछ भी अँधेरे में है, वह सच नहीं है . . .

'यह सुख अपने ही ख़यालों की गुलामी का सुख होता है . . . जहाँ सब कुछ इकहरा होता है, रिश्ते का अर्थ भी इकहरा और इंसान के अस्तित्व का अर्थ भी इकहरा . . .' और ऐसा सोचते हुए मुक्ता को लगा कि कुछ भी हो, माँ से रश्क करने का सुख मुझे नहीं चाहिए . . . मेरी पहचान, मेरी पीड़ा में है . . .

यह भी लगा कि किसी से कोई रिश्ता जब बाहरी चीज़ों के सहारे खड़ा होता है, जैसे मज़हब के सहारे से या दौलत के सहारे से, या बने–बनाए और कतरे–ब्योंते कानून के सहारे से, उसे कभी मन की पीड़ा का वरदान नहीं मिलता। गुलामी का सुख मिलता है, पर स्वतंत्रता की पीड़ा नहीं मिलती। वह महज तभी मिलती है, जब वह रिश्ता मन का होता है . . . और किसी भी सहारे के बिना खड़े होना चाहता है . . . केवल अपने अस्तित्व के बल पर . . .

और अपने अस्तित्व की पीड़ा को पहचानते हुए मुक्ता अभी भी रास्ते की पहचान नहीं कर पा रही थी कि एक भयानक दुर्घटना घट गई–दिलीप राय के बच्चे की डिफ्थीरिया से एक ही दिन में मृत्यु हो गई . . .

मृत्यु के भयानक वार ने मुक्ता की ख़ामोशी को तोड़ दिया और उसने तड़पकर 'हाँ' कर दी, जैसे एक हारे हुए इलाके को अब उसकी बहुत आवश्यकता हो . . .

छह

शादी का संदेश, कुछ सिर झुकाकर, सोग के दिनों से गुज़रता रहा . . . मातम के कुछ दिन बीत गए तो उस संदेश की माँग हुई। रस्म हो, लेकिन बहुत साधारण–सी, कोई चहल–पहल न हो।

वैसा ही हुआ, केवल मुक्ता की माँ ने कुछ रस्में जो अंदर बैठकर की जा सकती थीं, वे चुपके से कर लीं और मुक्ता जब हवन की अग्नि के पास से उठकर सवेरे के पहर में दिलीप राय के साथ उसके घर आई, कुछ थोड़ी–सी रस्में, जो अंदर बैठकर की जा सकती थीं, दिलीप की माँ ने कर लीं।

एक छोटी–सी रस्म थी, जो मुक्ता की रिश्ते में ननद लगने वाली लड़की ने अपने कोई एक बरस के बच्चे को मुक्ता की गोद में बिठाकर की, जिसके साथ दो-तीन औरतें वह परंपरागत गीत गाने लगीं, जो ऐसे अवसर पर नववधू से वंश को बढ़ाने की आशा से गाया जाता है . . .

मुक्ता के सिर का पल्ला ज़रा नीचा-सा था, पर परंपरागत घूँघट जैसा नहीं था, उसने सिर झुकाकर गोद में पड़े हुए बच्चे को देखा, तो उसकी आँखें एक डर से फैल गईं . . .

लगा, किसी ने अचानक एक मरा हुआ बच्चा उसकी गोद में डाल दिया है . . .

गोद का बच्चा टुकर-टुकर देख रहा था, परंतु निश्चल था। नए हाथ के स्पर्श से भी विचल नहीं हो रहा था . . . शायद मुक्ता की बाँहों में पड़ी हुई लाल रंग के हाथी दाँत की चूड़ियों को नए खिलौने की तरह देख रहा था . . .

दो-तीन औरतें वह गीत गा रही थीं, पर भरी हुई आवाज़ से . . . गीत के सारे अक्षर टूटे हुए पँखों की तरह हवा में हिलते रहे . . .

दिलीप राय की माँ इस शुभ अवसर पर कोई अपशकुन नहीं करना चाहती थीं, इसलिए आँखों का पानी आँखों में ही लौटा लिया, पर इस समय, पिछले दिनों हुई बच्चे की मौत, फिर जैसे ताज़ा होकर सबकी आँखों के आगे आ गई . . .

एक हसरत भी कि आज के दिन उसी बच्चे को मुक्ता की गोद में डालना था . . .

मुक्ता ने औरों की तरह उस बच्चे की मौत नहीं देखी थी, पर इस समय सबसे ज़्यादा उसे ही लगा, जैसे वही मरा हुआ बच्चा इस समय उसकी गोद में हो . . .

और उसे लगा, एक लाश है, जो शायद हमेशा उसकी गोद में पड़ी रहेगी . . .

सात

पूरी रात की थकान थी, उनीदापन भी। दिलीप राय चाय का एक प्याला पीकर अपने कमरे में चले गए थे और बड़े कमरे में केवल मुक्ता थी, या

इस दिन के लिए आई हुई कुछ मेहमान-रिश्तेदार औरतें। कोई रस्म करते समय जब मुक्ता की गोद में डाले हुए बच्चे को उठा लिया गया तो मुक्ता ने थकी-थकी आँखों से एक बार कुसुम की ओर देखा। केवल कुसुम थी, जिसे मुक्ता इस घर में कुछ पहचानती थी। उसने आज नए रिश्ते के सबसे पहले संबोधन से मुक्ता को बुलाया था, 'भाभी' कहकर।

कुसुम ने कहा, 'दिलीप राय की माँ की ओर देखा, कहा, 'चाची! भाभी के लिए सारी रात का जागरण रहा होगा . . .' माँ ने मुक्ता को बड़े कमरे के सोफे से उठाते हुए कुसुम से कहा, 'दिलीप के बराबर वाला कमरा ख़ाली है। जा, भाभी को वहाँ ले जा, घड़ी दो घड़ी आराम कर लेगी . . .'

कुसुम एक पल के लिए शायद किसी सोच में उतर गई, फिर कहने लगी, 'भाभी! एक मिनट . . . मैं कमरा ठीक कर आऊँ।'

बाकी कमरों में मेहमान थे। कुसुम ने जाकर देखा, केवल वही कमरा था, जिसमें किसी मेहमान को नहीं ठहराया गया था। कुसुम कमरे में गई और उल्टे पैरों वापस आकर मुक्ता को उस कमरे में ले गई . . .

कुसुम ने कमरे में कुछ फल चाय रखवाई और फिर कमरे का दरवाज़ा भेड़कर जब चली गई, तो मुक्ता, जो कमरे में अकेली रह गई थी, खिड़की से पीछे के बगीचे की ओर देखने लगी।

बिलकुल। बराबर वाले कमरे में दिलीप राय थे बहुत पास पर पूरी एक दीवार की दूरी पर . . .

कुसुम ने ही उस कमरे के आगे से गुज़रते हुए बताया था, 'भाभी। आपका असल कमरा यह है . . .' और हँसते हुए मुक्ता के कान के पास मुँह करके कहा था, 'पर रात को असल कमरा बनेगा . . .'

कमरा बगीचे से बिलकुल सटा हुआ होने के कारण बड़ी ताज़ा हवा से भरा हुआ था। हवा में हल्की-सी महक थी। मुक्ता ने बराबर के कमरे में सोए हुए दिलीप राय के अहसास को साँसों में महसूस करना चाहा, पर लगा,

वह अहसास अभी अजनबी है, साँसों में महसूस नहीं हो रहा है, शायद बगीचे की हवा से भी ज़्यादा अजनबी . . .

और मुक्ता, थकी हुई, कमरे के पलंग पर बैठने ही लगी थी कि अचानक ख़याल आया, कुसुम अकेली एक मिनट के लिए इस कमरे में आई थी, माँ ने कहा था, 'कमरा तैयार है,' वह फिर भी अकेली आई थी!

और मुक्ता ने कमरे की चारों दीवारों की ओर देखा और उठकर कमरे की आलमारी खोली . . .

आलमारी ख़ाली थी। केवल एक तस्वीर थी, शीशे में जड़ी हुई, जो एक खाने में उलटी पड़ी हुई थी।

लगा, जो ख़याल आया था, ठीक था। कुसुम को ज़रूर पता रहा होगा कि यह कमरा उस बच्चे का होता था . . .

कुसुम के मन की यह कोमल-सी जगह जैसे मुक्ता के हाथों को स्पर्श कर गई . . . उसने काँपते हाथों से वह तस्वीर उठाई, देखा, बच्चे की तस्वीर थी और जाना कि यह ज़रूर दीवार पर लगी होगी, जिसे अभी कुछ मिनट पहले कुसुम ने उतारकर आलमारी में रखा है।

मुक्ता ने फिर कमरे की दीवारों की ओर देखा। एक ओर एक उभरी हुई लकड़ी की पट्टी थी, जिस पर लगी हुई कील बड़ी अकेली-सी, ख़ाली-सी खड़ी थी . . .

मुक्ता ने एक गहरी साँस ली और बाँह ऊँची करके उस तस्वीर को फिर उस कील पर टाँग दिया . . .

खिड़की से आनेवाली हवा में नए पत्तों की महक थी, पर अचानक मुक्ता को लगा, जैसे बहुत दिनों के झड़े हुए और गलते हुए पत्तों की गंध भी हवा में थी . . .

पलंग पर लेटकर मुक्ता ने थककर आँखें मूंद लीं . . .

नींद की ऊँघ में मुक्ता को लगा कि कुछ आवाज़ हैं, जो न जाने कहाँ से उसके कानों में आ रही हैं . . .

'यह लड़की तो पहली को भी मात करती है . . . शी इज़ रीअल ब्यूटी . . . मैं तभी तो सोच रही थी, न घर न घराना, यह बात कैसे बनी . . . लड़की तो अच्छी है, पर पैर अच्छे होने चाहिए . . . उधर बात चली, इधर लड़का जाता रहा . . .'

मुक्ता चौंककर उठ गई . . . घबराकर दीवारों की ओर देखा, फिर खिड़की की ओर . . . बाहर पेड़ों की ओर . . . जहाँ इस समय बगीचे में, घर आए मेहमान थे . . .

लगा, यह सब कुछ जो हवा में है, हवा में ही ठहरा रहेगा शायद यहाँ, इस मिट्टी में उगकर पेड़ों की भाँति फैल जाएगा . . .

जो भी बातें हवा में थीं, मुक्ता ने पत्तों की साँय-साँय की तरह सुनीं, पर कोई भी उदासी कानों को ऊपरी नहीं लग रही थी, जैसे ये आवाज़ें उसने पहले सुन रखी हों . . . अपने भीतर से . . .

घर में मौत की एक गंध थी, पर वह स्वाभाविक थी। मुक्ता को लगा, जो उससे भी बढ़कर है, वह कुछ और है, शायद घर में नहीं, उसके अपने अंतर में है . . .

एक भय-सा आया, 'केवल मैं नहीं, शायद दिलीप राय भी उस गंध को जानते हैं . . . शायद किसी दिन वह मुझसे बहुत नफ़रत करने लगें

आठ

रात आई . . .

यह अक्टूबर का महीना था, खुले मौसम का, पर रात, ठंड का एक कंपन-सी लेकर आई।

कंपन शायद मौसम का नहीं था, मुक्ता के मन के भय का था, पर वह गर्दन की नसों तक फैल रहा था . . .

बाहर एक गर्माहट की और सुख की अनुभूति थी। कमरे के दरवाज़ों और खिड़कियों पर वेलवेट के परदे थे, जिसका रंग दीवारों के रंग के समान गंभीर था, इतना कि उनका अस्तित्व भी दीवारों का हिस्सा प्रतीत होता था और फ़र्श पर कोई दो बालिश्त ऊँचा और चौकोर पलंग था, जो फ़र्श का ही एक उभरा हुआ अंग लगता था। रोशनी केवल एक गोल लैंप की थी . . . जो मोटे और सुलगते हुए कोयलों की शक्ल में थी, सुर्ख लाल . . . और कमरे में और कोई चीज़ नहीं थी।

दिलीप राय की माँ जब मुक्ता को अकेले इस कमरे में छोड़कर चली गई, मुक्ता ने दहकते हुए कमरे की गरमाहट को अपने अंगों में महसूस किया, पर ठंड का जो कंपन-सा उसकी गर्दन की नसों में उतर रहा था, वह भी उसी तरह उसके अंगों में फैलता रहा . . .

देखा, कमरे में एक पलंग के सिवाए बैठने के लिए और कोई चीज़ नहीं हैं . . .

मुक्ता खड़ी रही . . .

ख़याल आया, हर लड़की ब्याह की पहली रात जिस कमरे में दाख़िल होती है, कभी उस कमरे का मालिक उसके स्वागत के लिए वहाँ नहीं होता . . .

और हर लड़की एक अजनबी कमरे में एक दखलअंदाज़ी की तरह पाँव रखती है . . .

और मुक्ता हैरान हुई, यह रिवाज है, पर शायद इस पर कभी किसी ने नहीं सोचा, इसलिए इसे कभी नहीं बदला . . .

कमरे की जलते हुए कोयलों जैसी लाल रोशनी, कमरे में फैली हुई नहीं थी, वह पलंग के एक ओर कोयलों के ढेर की तरह फ़र्श पर पड़ी हुई थी, इसलिए मुक्ता कुछ देर तक कमरे के एक कोने में बनी पत्थर की उस छोटी-सी रौंस को नहीं देख सकी, जिस पर एक तस्वीर पड़ी हुई थी, पर उसकी आँखें जब कमरे के अँधेरे से और एक जगह पर गुच्छा होकर पड़ी हुई रोशनी से परिचित हुईं, तो उसने किसी किताब की तलाश में इधर-उधर देखा . . .

अपने-आप उस बिस्तर पर बैठना बहुत अजीब लगा, जो अभी तक उसका नहीं था और आज तक किसी और का था।

सोचा, कमरे में पड़ी हुई कोई किताब मिल जाए तो वह फ़र्श पर रोशनी के पास बैठकर किताब पढ़कर इंतजार का समय बिता लेगी . . .

वही कुछ स्वाभाविक हो सकता था, इस तरह कमरे में खड़े रहना उसके लिए स्वाभाविक नहीं हो रहा था। इसलिए किसी किताब को ढूँढ़ते-ढूँढ़ते जब वह कमरे को ध्यान से देखने लगी, एक कोने में बनी हुई पत्थर की उस छोटी-सी रौंस को देखा, जिस पर एक तस्वीर पड़ी हुई थी . . .

पास गई, देखा, तस्वीर बच्चे की थी और उसकी माँ की . . .

कमरा नहीं, कमरे में अपना-आप बिलकुल अजनबी लगने लगा . . .

बाहर हवा शायद तेज़ हो गई थी, कमरे की खिड़कियाँ बंद थीं पर दीवारों के साथ लगकर कुछ तेज़-तेज़ साँस लेती लग रही थीं . . .

दरवाज़े के परदे ने भी एक गहरी साँस ली और पैरों तक हिल गया, मुक्ता ने देखा, दिलीप राय कमरे में आए हैं . . .

मुक्ता, शायद, दिन में देखी हुई मुक्ता से भी इस समय अधिक सुंदर लग रही थी। दिलीप राय उसकी ओर देखते रह गए। फिर संभले, धीमे से मुस्कराए, और पास होकर कहने लगे, 'इसी तरह खड़ी रही? थक नहीं गई?'

बिजली के कोयलों में से जैसे एक छोटी-सी चिनगारी उठी, मुक्ता ने कहना चाहा 'कमरे ने बैठने के लिए कहा ही नहीं . . .' पर वह कह न सकी।

बिजली के कोयले एक सार जलते रहे, मुक्ता भी . . .

दिलीप राय ने बैठने के लिए पलंग के पास आकर मुक्ता के कंधों पर अपनी बाँह रखी और पलंग की पट्टी के पास आकर रुक गई। मुक्ता से कहा, 'मेरी पसंद पर रश्क आया है या नहीं?'

मुक्ता के होंठ हल्के-से मुस्कराए। दिलीप राय का प्रश्न सीधा था, उनके मन से जुड़ा हुआ, पर मुक्ता को लगा, जैसे वह क्या खोया और क्या पाया का कुछ हिसाब-सा लगा रहे हों . . .

मुँह से निकला, 'बहुत उदास हो . . .?'

ये मुक्ता के पहले शब्द थे, जो दिलीप राय के सामने मुँह से निकले वह कुछ चौंक से गए 'उदास . . .?'

मुक्ता ने कमरे के उस कोने की ओर देखा, जहाँ बच्चे की और उसकी माँ की तस्वीर थी . . .

पलंग की पट्टी के पास खड़े दिलीप राय की इस समय उधर पीठ थी, उन्होंने मुक्ता की दृष्टि की दिशा में गर्दन मोड़ कर देखा।

फिर चुप से हो गए। शायद सोच नहीं सके थे कि आज की रात की पहली बात अतीत से जुड़ी हुई होगी . . .

मुक्ता के भीतर से शीत का एक कंपन उठकर उसकी उँगलियों के पोरों तक फैल गया . . . और उसका हाथ, जो ठंडा हो गया था, एक विवशता की सी दशा में, दिलीप राय के पहलू से छू गया, शायद किसी गर्माहट की खोज करता हुआ . . .

दिलीप राय ने मुक्ता को पूरी बाँह में लेकर अपने से सटा लिया . . .

आँखें बंद-सी हो गईं। मुक्ता की भी।

मुक्ता को लगा, जैसे वे दोनों, मौत की ठंड से बचने के यत्न में जिंदा मांस की गर्माहट खोज रहे हो . . .

बिजली के कोयलों की शक्ल में बनी हुई, हाँडियों के स्विच पलंग की पट्टी पर इस तरह लगे हुए थे कि जितने कोयले चाहें, बुझाए जा सकते थे। दिलीप राय ने कुछ स्विच दबाकर केवल एक कोयला जलता रहने दिया, बाकी बुझा दिए।

सचमुच एक ऐसी ठंड थी, जो दोनों के अस्तित्व को किसी जगह अपने में लपेट रही थी, और जिसे केवल एक-दूसरे की आग का सेंक चाहिए था . . .

रात ऐसे बीती कि मांस के ठंडे हाथ सारी रात मांस की कांगड़ी सेंकते रहे। रात का अंतिम पहर आया, रात की गर्माहट से भरा हुआ और बिस्तर की सफ़ेद चादर पर दो शरीर जल-जलकर बुझे हुए से, राख के गर्म ढेरों की तरह पड़े हुए थे।

सवेरे का उजाला शायद चेतना होता है। मुक्ता की आँख खुली तो पलंग के दो सिरे, एक दूसरे से बहुत दूर लगे, इतने कि उसने घबराकर बाँह फैलाई, दिलीप राय की बाँह थामने के लिए, पलंग के दूसरे सिरे तक पहुँचने के लिए, पर देखा दोनों के बीच एक बच्चे की लाश पड़ी हुई है, जिसके ऊपर से बाँह नहीं ले जा सकती . . .

नौ

दिलीप राय की ज़िंदगी में मुक्ता पहली औरत नहीं थी, पर मुक्ता की ज़िंदगी में दिलीप राय पहला मर्द था और पहले मर्द के साथ बीती पहली रात मुक्ता के लिए भयानक नहीं, सुंदर थी, एक संपूर्ण अस्तित्व की, एक

संपूर्ण अस्तित्व के लिए जागी हुई प्यास . . . इतनी कि सवेरे के उजाले में वह दिलीप राय की ओर एकटक देखती रही। लगा, अभी एक घूँट पानी भी उसने होंठों से लगाकर नहीं देखा है और उसके होंठ बहुत प्यासे हैं . . .

पर दिलीप राय को इससे विपरीत अहसास हुआ, एक उस प्यास की तृप्ति का, जो पहले कभी उन्होंने अनुभव नहीं की थी। औरत को पहले भी शरीर से लगाया था, पर लगा आज जैसी रात का पहले कभी उन्होंने अपने शरीर से स्पर्श नहीं किया। उन्होंने भी सवेरे के उजाले में मुक्ता को हैरानी से देखा . . .

पर दोनों ने अपनी हैरानी के अर्थ समझे, दूसरे की हैरानी के नहीं। इसलिए चाय की मेज़ पर एक अजीब ख़ामोशी छा गई। इतनी कि ख़ामोशी जैसे आँखों से देखी जा सकनेवाली चीज़ हो और जिससे घबराकर दोनों ने आँखें परे कर लीं . . .

दिलीप राय काम पर चले गए। घर के मेहमानों में से तीन रात की गाड़ी से चले गए थे और एक अभी सवेरे की गाड़ी से। माँ अभी दो दिन और रहनेवाली थीं, पर कुसुम आज तीसरे पहर वापस बंबई जा रही थी। इसलिए मुक्ता अकेली हुई, तो कुसुम उससे छोटे-छोटे मज़ाक करती रही, फिर अचानक गंभीर होकर कहने लगी, 'भाभी! एक बात की मैं आपसे माफ़ी चाहती हूँ . . . कल मैंने बहुत चाहा था कि घर में लगी हुई कुछ तस्वीरें उतार दूँ . . . चाची मान गई थीं, पर भाईसाहब नहीं माने . . . मैं जानती हूँ, एक तस्वीर उनके कमरे में है . . . रात को . . . आपकी पहली रात को भी . . .'

मुक्ता ने आँखें झुका लीं, धीरे से कहा, 'मैं जानती हूँ कल तुमने छोटे कमरे से एक तस्वीर उतारकर आलमारी में रख दी थी, पर क्यों? . . . मैंने फिर वहीं टाँग दी थी।'

दोपहर को माँ ने उस आलमारी की चाबी मुक्ता को दी, जिसमें उसके लिए ख़रीदे हुए कपड़े रखे हुए थे, और वह सूटकेस भी, जो मुक्ता अपने

साथ लाई थी। कुसुम उसके साथ सूटकेस के कपड़े आलमारी में रखवाती रही। उसी ने बताया, 'पहली भाभी के कपड़े भी बहुत बढ़िया नए पड़े हुए हैं... पर चाची ने उनमें से कोई कपड़ा आपकी आलमारी में नहीं रखवाया, इसलिए कि शायद आपको यह बात अच्छी न लगे।'

अचानक मुक्ता को लगा, किसी ने धीरे से उसके कंधे पर हाथ रखा है... यह भी महसूस हुआ, यह हाथ कपड़ों के उस बंद ट्रंक में से निकलकर आया है, जो घर की माँ ने न जाने कहाँ– शायद कुछ ट्रंकों के नीचे दबाकर रख दिया है...

मुक्ता के हाथ आलमारी में कपड़े रखते हुए ठिठक गए...

हाथ का स्पर्श, कंधे से नीचे को उतरता हुआ, रीढ़ की हड्डी में फैल गया...

मुक्ता ने फटी-फटी आँखों से आलमारी की ओर देखा... यह सोने के कमरे की दूसरी आलमारी थी, उस पहली के नाप की ही, जिसमें से सवेरे दिलीप राय ने अपने कपड़े निकाले थे...

पूछने की आवश्यकता नहीं थी, दिखाई दे रहा था कि यह आलमारी उसी की थी, जिसके कपड़े इसमें से निकालकर अब किसी ट्रंक में बंद कर दिए गए थे।

चीज़ों में शायद बरतनेवाले का कुछ सदा के लिए समा जाता है, लोहे में भी, लकड़ी में भी, मुक्ता को आलमारी में से एक हल्की-सी महक आई...

एक लंबी साँस भरकर देखा, पर जान नहीं सकी कि यह महक किसी के हाथों की थी, या लकड़ी में समाई हुई किसी इत्र-फुलेल की।

होंठों के पास सोच की एक लकीर-सी खिंच गई, अगर लकड़ी और लोहे में कोई महक समाई रह सकती है तो उस बदन में भी ज़रूर होगी, जो रोज़ बाँहों में लपेटकर रखता था...

पिछली रात को याद में लाकर, मुक्ता ने दिलीप राय के बदन को जैसे फिर छुआ, बाँह से लिपटकर एक गहरी साँस भरी, पर कुछ याद नहीं आया . . .

'शायद शरीर की जलती हुई आग के समय केवल आग की गंध होती है, और किसी चीज़ की नहीं . . . और शायद सब कुछ उसमें भस्म हो जाता है!'

मुक्ता के विचार को कुसुम ने तोड़ दिया। पूछ रही थी, 'भाभी! क्या सोच रही है?'

मुक्ता ने पहली बार जाना — कुछ विचार केवल किसी महक के समान होते हैं . . . हाथ से पकड़कर किसी को दिखाए नहीं जा सकते, हर समय होते भी नहीं। मेंह बरसने के समय स्वयं ही आ जाते हैं, घरों के कोनों में गुच्छा से होकर बैठ जाते हैं और फिर धूप निकलने पर न जाने कहाँ चले जाते हैं . . .

'भाईसाहब को कच्चे कीमे के कबाब बहुत पसंद है . . .' एक फिसलते रेशम की साड़ी को तह करते हुए कुसुम ने अचानक कहा।

'कच्चे कीमे के?' मुक्ता ने चौंक कर कुसुम की ओर देखा।

कुसुम बताने लगी, 'वह जब बंबई आते हैं, मैं उन्हें बनाकर खिलाया करती हूँ। थोड़ी मेहनत लगती है, पहली भाभी कभी नहीं बनाती थीं।'

'तुम मुझे सिखा दो!' मुक्ता ने कहा, और उसके मन में एक हँसी-सी आ गई। याद आया, माँ कई बार कहा कहती है कि मर्द का मन जीभ में होता है . . .

'मैं आपको कागज़ पर सारा तरीका लिख देती हूँ, मुश्किल नहीं है, केवल थोड़ी मेहनत पड़ती है।'

और कुसुम जब कागज़ पर लहसुन का, बड़ी इलायजी का और अंडों की ज़र्दी का हिसाब लिख रही थी, मुक्ता को लगा, जैसे वह एक अधेड़ औरत की तरह किसी सयाने से वशीकरण मंत्र लिखवा रही हो . . .

कुसुम लिखने के साथ-साथ ज़ुबानी भी बता रही थी कि कैसे कच्चे कीमे को पहले सिलबट्टे से पीसना होता है, और साथ ही हँस भी रही थी, 'पर भाईसाहब को तो खाते समय पता ही नहीं लगेगा कि क्या खा रहे हैं। वह तो भाभी! बस, आपको ही देखते रहेंगे . . . देखा था, सवेरे चाय के समय, वह बस आपको ही देखे जा रहे थे . . . चाची भी भीतर जाकर हँसती रही थीं।'

मुक्ता को ख़याल आया, सवेरे वह भी तो उनकी ओर देखती रही थी . . . कुसुम ने यह भी देखा होगा, माँ ने भी . . .

और विचार उधर चला गया, जिधर रात को सोने के कमरे के कोने में एक तस्वीर पड़ी हुई थी, और जो सारी रात उसे देखती रही थी और जिसने सारी रात आँखें नहीं झपकाई थीं . . .

दस

गले के पास जैसे आवाज़ नहीं थी . . .

पर बाकी सब अंगों के पास थी, केवल अंगों को सुन पड़ने वाली . . .

दूसरी रात आई, पर उसे पहली के बाद दूसरी कहना भी, जैसे उसका अपमान हो . . .

दिलीप राय ने महसूस किया– यह रात भी पहली है, नई और कुँआरी।

एक आश्चर्य मन में उठा, क्या हर रात का पहली बार आना संभव है? आगे भी संभव होगा?

समझ में नहीं आ रहा था कि इस कोमल-सी और रेशम के गुच्छे जैसी लड़की के पास क्या है, जिसके अंदर उनका शरीर रेशम के कीड़े की तरह लिपटता जा रहा है!

नहीं, उन्हें लगा, कुछ है, जो वह सब कुछ देने के बाद भी अपने पास रख लेती है, बचा लेती है और जिसे पाने के लिए पूर्ण संतुष्टि में अलसाया हुआ शरीर फिर उसकी ओर देखता है, उसकी ओर बढ़ता है . . .

मुक्ता ने इस रात को कुछ जाना, पर दिलीप राय के अर्थों में नहीं, बिल्कुल अपने अर्थों में, बड़े निजी अर्थों में कि रात की ये घड़ियाँ हवन की आग की तरह जलती हैं और उसमें, जो कुछ भी दिलीप राय का उससे अलग है, अकेला है, वह सब हवन की सामग्री की तरह भस्म हो जाता है . . .

और जो 'सच' बाकी रह जाता है, वह केवल आग है . . .

मुक्ता ने यह भी जाना कि हर नया दिन उस पाले से ठिठुरता हुआ दिन होगा, जिसमें घर के छोटे-बड़े काम उन छिपटियों-तिनकों को इकट्ठा करने के समान होंगे, जिनके आसरे से यह रात की आग जलानी होगी . . .

दिन के पाले से घबराकर . . .

अपने–अपने अकेलेपन से घबराकर . . .

और शायद हमेशा . . . सारी उम्र; क्योंकि आज भी रात के चौथे पहर में मुक्ता को वही अनूभूति हुई कि पलंग के दो सिरे एक-दूसरे से बहुत दूर हैं, इतने कि एक सिरे की ओर सोई हुई मुक्ता का दूसरे सिरे पर सोए हुए दिलीप राय तक हाथ नहीं पहुँच रहा है . . .

आज इस चौथे पहर के बाद मुक्ता को नींद नहीं आई। अभी झुटपुटा ही था, जब वह उठी और घर के पीछे बगीचे में चली गई। हर बूटे को, हर टहनी को हाथ से छुआ, जैसे उसे पत्ते-पत्ते की पहचान करनी हो . . .

और भोर के प्रथम प्रकाश में मुक्ता ने कुछ फूल और पत्तियाँ तोड़ीं, पानी के एक गिलास में उन्हें तरतीब से सजाया और कमरे में लौट आई। कमरे में

बस, फ़र्श था और पलंग, इसलिए फूलों को रखने के लिए केवल एक ही जगह थी, जहाँ दृष्टि पड़ी, दीवार के कोने वाली पत्थर की वह रौंस, जहाँ वह तस्वीर पड़ी हुई थी, इसलिए मुक्ता ने वह फूल भी तस्वीर के पास ही रख दिए।

मुक्ता ने जब फूल तोड़े थे, उसे तस्वीर का ध्यान नहीं था, पर कमरे में आई तो उस तस्वीर ने जैसे वह फूल माँग लिए . . .

वह नहीं सोचना चाहती थी, लेकिन फूल तस्वीर के पास रख दिए तो सोचती ही गई, कुछ फूल केवल किसी क़ब्र पर चढ़ाने के लिए उगते हैं . . . शायद मैं भी . . .

ग्यारह

इस समय तक मुक्ता का सारा चिंतन सीधा-सा साधारण और उस औरत की मृत्यु से जुड़ा हुआ था, जिसकी मृत्यु के बाद उसके मर्द को मुक्ता ने अपना मर्द बना लिया था . . .

पर जिस समय नाश्ते की चाय मेज़ पर रख दी गई और दिलीप राय अपने कमरे में से काम पर जाने के लिए तैयार होकर आए, तो मुक्ता का सारा चिंतन जैसे एकाएक रास्ते से लौट गया . . .

अचानक इस मोड़ पर आ गया, जहाँ से एक नया रास्ता भी न जाने किधर जानेवाला, उसके पाँवों के आगे आ गया हो . . .

आज दिलीप राय ने मुक्ता की ओर देखा था, पर बिल्कुल उस तरह, जिस तरह चाय के प्याले की तरफ या उबले हुए अंडों की तरफ . . .

दृष्टि में क्षण-भर का संबंध था, इससे अधिक कुछ नहीं . . .

एक ठंडी-सी लकीर मुक्ता के कंधों से उतरकर पीठ की हड्डी में फैल गई . . .

आज कमरे में कुसुम भी नहीं थी और माँ भी नहीं, इसलिए मुक्ता ने कुछ निस्संकोच होकर कई बार नज़र भर कर दिलीप राय की ओर देखा, एक तना हुआ शरीर, तराशे हुए नक्श, पर जिस सबसे हर चीज़ एक फासले पर होने का अहसास देती हो . . .

पहने हुए कपड़े भी अंगों के निकट होकर खड़े हुए, लेकिन अंगों के स्पर्श से दूर . . .

अचानक हाथ में एक कागज़ लिए हुए सेक्रेट्री कमरे में आया, 'सर! यह तार . . .'

दिलीप राय ने निगाह उठाकर उधर देखा और उधर की आवाज़ परे, जहाँ थी, वहीं रुक गई . . .

'दफ्तर में बैठो!' दिलीप राय ने धीमे से कहा और केतली में से गर्म चाय प्याले में डाली . . .

'सर! . . .' एक बार उधर की आवाज़ फिर उभरी। शायद काम के अत्यंत आवश्यक होने का आग्रह था या शायद किसी बड़े नुकसान का . . .

दिलीप राय ने कहा कुछ नहीं, केवल उधर देखा, शायद जो पहले कहा था, वह अभी भी वहीं हवा में ठहरा हुआ था और वही आगे होकर सेक्रेट्री के हाथों से टकरा गया। वह उन्हीं पैरों पीछे चला गया, बाहर वाले, घर के अंतिम सिरे पर बने हुए उस कमरे में, जो नेहरू प्लेस वाले दफ्तर का एक छोटा-सा टुकड़ा घर में भी था, दफ्तर के समय से हटकर और अलग . . .

मुक्ता को लगा, दिलीप राय ने घर के समय का एक टुकड़ा, जैसे अभी उसके सामने, काम के समय से तोड़कर कमरे में रखा है . . .

रगों में भय की एक हल्की-सी लकीर फिर गई। इसलिए नहीं कि दिलीप राय को घर के एकांत में कामों का दख़ल पसंद नहीं था, केवल इसलिए कि समय के इस टुकड़े को, उन्होंने जैसे एक ठंडे चाकू से चीरकर अलग किया हो . . .

. . . एक सामर्थ्य, पर लोहे की धार की तरह तीखी और ठंडी . . .

दिलीप राय उठकर कमरे से जाने लगे तो एक नज़र मुक्ता की ओर देखा, पूछा, 'कोई चीज़ चाहिए?'

मुक्ता के होंठों के पास एक मुस्कराहट उभरी, जैसे 'नहीं' शब्द उभरा हो . . . और दिलीप राय जब कमरे से चले गए, मुक्ता को लगा, उनका कमरे में होना और कमरे से जाना भी उनके अधीन है, आज्ञा में बँधा हुआ . . .

धरती की ग्रैविटी की तरह . . .

और मुक्ता को पहली बार लगा एक और राह भी है, जो एक और क़ब्र की ओर जाती है . . . न जाने किसकी, न जाने कहाँ . . .

पर सवेरे की वह अनुभूति मन में और गहरी उतर गई– कुछ फूल केवल किसी क़ब्र पर चढ़ने के लिए उगते हैं . . . शायद मैं भी . . .

बारह

पैर, अचेत-से, सोने के कमरे की ओर मुड़े . . .

पर वह कमरे के दरवाज़े के पास पहुँचकर ठिठक गई, कमरा जैसे अपना न हो, किसी और का हो . . .

आँखों में पलंग की पहचान थी, और पलंग के पास पड़े हुए बिजली के बुझे हुए कोयलों की भी, पर कमरे की एक ठंडी-सी गंध थी, जो अजनबी थी . . .

मन में बीती हुई रात सुलगी, और उसका सारा सेंक जाना-पहचाना लगा, पर ऐसे, जैसे एक पुरातन घटना हो, वर्तमान से टूटी हुई . . .

वर्तमान, सिकुड़कर, कमरे की दहलीज़ में बैठा हुआ लगा और कमरे के अंदर की ओर इस तरह झाँकता हुआ, जैसे अंदर केवल इतिहास के खंडहर हों . . .

मुक्ता ने इस अचंभे को पैरों के तलवों तक महसूस किया, लगा – शायद हर रात दिन की लौ का स्पर्श पाते ही इतिहास का खंडहर बन जाया करेगी, और हर दिन वह वर्तमान होगा, जो कमरे से बाहर होगा . . .

फ़र्श का या दीवार का सहारा काफ़ी नहीं था। मुक्ता को एक ऐसा सहारा चाहिए था, जो दहलीज़ में खड़े हुए उसके वर्तमान को भीतर कमरे में ले जाए, कमरे की हर चीज़ से जोड़ दे, दिलीप राय की अनुपस्थिति से भी . . .

सहारे का एक तार-सा हाथ में आया। याद आया, ब्याह की रस्म के लिए उसके माँ-बाप को अपना घर दिलीप राय के स्वागत के लिए बहुत छोटा लगा था, अपने अस्तित्व पर स्वयं शरमाता-सा, और अपने निम्न मध्यवर्गीय विचार की भाँति सहमकर खड़ा हुआ, और उन्होंने घबराकर संदेश भिजवाया था कि यह रस्म बाहर किसी और स्थान पर की जा सकती है . . .

घर के एक मित्र ने भी बताया था कि अब आलीशान होटलों में, हवन की अग्नि के लिए भी, किराये के कमरे बन गए हैं . . .

तब मुक्ता को लगा था, जैसे किसी भी घर की ज़मीन उसके पाँवों के नीचे नहीं है . . .

आँखों के आगे शून्य आ गया था, जो किराये के कमरे से लेकर किराये के रिश्ते तक फैलता दिखाई दे रहा था . . .

पर उस क्षण मुक्ता के मन को दिलीप राय ने जैसे हाथ देकर बचा लिया था। वापसी संदेश भेजा था– यह रस्म उसी घर में होगी, बाहर कहीं नहीं

और विवाह संस्कार वाली रात को दिलीप राय को जयमाला पहनाते हुए मुक्ता की आँखों में वह स्वागत भी भर आया था, जो केवल उसकी ओर से नहीं था, घर के फ़र्शों की उखड़ी हुई और दरज़ों वाली ईंटों की ओर से भी था . . .

आज, इस घड़ी, उस बीती हुई घड़ी का सहारा लेते हुए मुक्ता ने दिलीप राय के कमरे से जुड़ना चाहा। उसके पास जाकर उसकी आत्मा को हाथों से छूकर अपना बनाकर . . .

और वह पाँवों पर ज़ोर-सा डालते हुए पलंग के पास आई। पर पैर, पलंग के पाये में अटक गए। एक ख़याल आया, जो पहले नहीं आया था– रात को जिस समय शरीर का शरीर पर अधिकार होता है, क्या वह अधिकार सचमुच का होता है?

लगा– दिलीप राय का वजूद उसके लिए पूरी धरती बन जाता है, उत्तरी ध्रुव से लेकर दक्षिणी ध्रुव तक– जिसके निर्जनों में वह खो जाती है, और जिसकी आबादियों में वह बस जाती है, और वह मीलों पर मील फलाँगने पर भी धरती की थाह नहीं पा सकती . . . हाथ एक अनंत में भटकते रह जाते हैं . . .

पर वह, दिलीप राय, कभी भी उसे धरती की तरह नहीं ढूँढ़ते, वह हमेशा एक नपी-तुली चीज़ की तरह उसे अंगों में संभाल लेते हैं, चाहें तो बाँहों में समेट लेते हैं, चाहें तो परे एक ओर धर देते हैं . . .

आँखों में पानी भर आया, लगा– उसका अस्तित्व इतना छोटा है, सीमित कि आँखों के पानी में भी डूब सकता है . . .

और मुक्ता को लगा– किसी और की नहीं, उसकी अपनी क़ब्र है, कहीं बनी हुई, जिस पर चढ़ाए जाने के लिए वह फूल की तरह उगी है . . .

तेरह

माँ घर में थी तो मुक्ता को रसोई में जाना सहज नहीं लगा था। उसे लगा था, माँ सोचेगी कि मैं घर का सब कुछ अपने हाथों में ले रही हूँ बहुत जल्दी, इसलिए जो कुछ जिसके हवाले था, उसी तरह रहने दिया।

वैसे भी, अभी तक उसने दिलीप राय की पसंद या नापसंद को नहीं जाना था, सिवाए इसके कि हर दोपहर को और हर शाम स्टीम की हुई सब्जियों की एक डिश ज़रूर बनती थी, जो माँ ने कभी नहीं खाई थी, शायद पसंद नहीं थी, पर वह मेज़ पर परोसी जाती थी, जिससे लगता था कि वह दिलीप राय के खाने का एक ज़रूरी हिस्सा बनी हुई है . . .

माँ कोई बीस दिन बाद वापस पंजाब चली गई तो मुक्ता ने उसी शाम कुसुम का लिखकर दिया हुआ कागज़ निकाला और पहली बार रसोई में गई। उस दिन मुक्ता ने कच्चे कीमे के कबाब बनाए . . .

संध्या समय दिलीप राय ने हर रोज़ की तरह अपने लिए स्कॉच व्हिस्की का गिलास बनाया और मुक्ता के लिए गिलास में सेबों का रस डाला, तो उस समय मुक्ता ने कुछ झिझकते हुए कबाब की प्लेट मेज़ पर रख दी . . .

घर में यह उसका पहला प्रयत्न था, इसलिए यह झिझक कुछ और ही तरह की थी और इससे बचने के लिए उसने सेबों के रस वाले गिलास को हाथ में लेकर एक घूँट भरा भी, पर गिलास को होंठों से हटाया नहीं।

शायद चेहरे को थोड़ी-सी ओट की आवश्यकता थी, भले ही वह गिलास की गोलाई के तीन इंच की ओट ही क्यों न हो . . .

'अच्छा . . . !' दिलीप राय ने कबाब के स्वाद को पहचानते हुए धीरे से कहा और फिर एक नज़र मुक्ता की ओर देखा।

मुक्ता का कुछ मुस्करा देना स्वाभाविक था, पर अपने होंठों में सिमटती हुई-सी यह मुस्कराहट भी मुक्ता को स्वाभाविक नहीं लगी। लगा, कबाब की प्लेट का तो पता नहीं, पर उसने अपने होंठों की मुस्कराहट एक रिश्वत की तरह दी है . . .

मुक्ता की आँखें, शर्मिंदा-सी, नीचे फ़र्श की ओर देखने लगीं . . .

फ़र्श के सफ़ेद सीमेंट में मिले हुए पत्थर के छोटे और काले टुकड़े आँखों के आगे रेंगने लगे . . .

मन में सहमापन-सा आया। यह रिश्वत, जो होंठों पर एक मुस्कराहट बनकर आई है, कभी शब्द बनकर भी आ सकती है और मुक्ता को किसी से नहीं, अपने होंठों से एक भय-सा आ गया . . .

पर इस भय में से एक और अलग तरह का भय उभरा। नहीं, दिलीप राय के सामने उसके होंठ शब्दों की रिश्वत नहीं दे सकेंगे, वह केवल घबराकर, किसी दिन, किसी भी घड़ी, सिसक उठेंगे . . . और घर की हवा में उस गुनाह की स्वीकृति फैल जाएगी, जो अभी केवल उसके मन में दबा हुआ है . . .

एक संकोच था, मुक्ता की आँखें ऊपर नहीं उठ रही थीं। दिलीप राय ने संकोच को समझा, पर संकोच की भयानकता को नहीं। कहा, 'मिस दिल्ली के हाथों के बने कबाब भी मिलेंगे, यह नहीं सोचा था . . .'

मन की सेंक से होंठ भी पिघले और दिलीप राय ने निकट आकर मुक्ता के होंठों को छुआ . . .

महक व्हिस्की की भी थी, भुने हुए कबाब की भी, और दिलीप राय की साँसों की भी, मुक्ता महक में भीग गई . . .

मन गीला हो आया तो मुक्ता को लगा, जैसे आँखों का कर्म आज मन के हिस्से में आ गया हो . . .

'मिस दिल्ली . . .' दिलीप राय के होंठों के पास एक हल्की-सी शोखी आई . . .

'कुसुम ने बताया था?' मुक्ता ने धीरे से पूछा।

'क्या?'

'कि मिस दिल्ली बनना चाहती थी?'

'हाँ . . .'

'पर बन नहीं सकी . . .'

'बन सकती थी . . . मुश्किल बाहर नहीं थी, अंदर थी, घर में . . . घर से इजाज़त नहीं मिली . . .' मैं जानता हूँ . . .

'फिर जो बन नहीं सकी . . .' मुक्ता कुछ कहते-कहते चुप हो गई। कहना चाहती थी, फिर मिस दिल्ली क्यों कहते हो? पहली रात भी यही कहा था . . .

मुक्ता को पहली रात भी इस शब्द में से एक हलके से व्यंग्य का अनुभव हुआ था, आज भी हुआ, पर पूछना चाहकर भी पूछ नहीं सकी . . .

लगा, हवन की अग्नि, हाथों में एक संबंध थमा सकती है, पर उसकी लौ मन के अँधेरे कोनों तक कभी नहीं पहुँच सकती, और वह कोने किसी भी संबंध की सीमा के बाहर रह जाते हैं . . .

दिलीप राय मुक्ता के बिलकुल पास आकर हँस से पड़े। बोले, 'अगर अख़बारों में छपता, क्या केवल तभी माना जाता? कोई वह ख़बर भी सच्ची हो सकती है, जो अख़बारों के बाहर रह जाए . . .'

‘क्या मतलब?’

‘फॉर्म भरा जाता, तो आख़िर यह फैसला भी किसी आदमी ने ही करना था . . .’

‘हाँ, जो कोई भी जज होता . . .’

‘कोई जज या ज्यूरी . . . पर वह मैं भी हो सकता हूँ . . . क्या यह बहुत नहीं?’

मुक्ता ने पूरे मन से मुस्कराना चाहा। लगा, अगर यह अर्थ केवल इतने ही हैं, सीधे और सीमित, तो उसके लिए इनका अख़बारों के बाहर रह जाना उससे भी अधिक गंभीर है, जितना कि अख़बारों के अंदर आ जाने से केवल कुछ दिनों के लिए होता। और यह जो अख़बारों के बाहर है, उम्र भर के लिए हो सकता है . . .

पर मुक्ता चाहकर भी मुस्करा न सकी। लगा, इंसान के मन को अख़बार की तरह, साधारण आँखों से नहीं पढ़ा जा सकता . . .

‘कल इतवार है, मिस दिल्ली ने मेरा ख़याल है, पूरी दिल्ली नहीं देखी होगी। सवेरे, बहुत तड़के, दूर तक जाया जा सकता है . . . एक लॉन्ग ड्राइव . . . दिलीप राय ने कहा, तो मुक्ता का मन सहज हो आया . . .

यह आज पहला दिन था, जब दिलीप राय ने मुक्ता को अपने साथ कहीं चलने के लिए कहा था। वह पिछले दिनों में तीन बार घर के बाहर गई थी, अपने माता-पिता से मिलने के लिए, तो तीनों बार घर का ड्राइवर उसे सवेरे के समय गाड़ी में ले गया था, संध्या समय ले आया था। दिलीप राय न वहाँ उसके साथ गए थे, न और कहीं साथ चलने के लिए उसने कहा था। इसका कारण मुक्ता ने अपने मन में ही खोज लिया था कि घर की दुर्घटनाओं के बाद यही स्वाभाविक हो सकता था। आज उन्होंने सवेरे एक लॉन्ग ड्राइव के लिए कहा, तो मुक्ता को लगा,

जैसे वह दुर्घटनाओं की सीमा को पार करके कुछ इधर उसकी ओर आ रहे हों . . .

चौदह

सवेरे बहुत तड़के उठना था, दिलीप राय ने चाय का थरमस और पनीर, बिस्कुट जैसी कुछ चीज़ें साथ रखने के लिए कहा था, इसलिए मुक्ता की रात के पिछले पहर में आँख खुल गई तो फिर नींद नहीं आई . . .

यह रात के पिछले पहर का जाग उठना मुक्ता ने मन पर ठंडी ओस की तरह गिरने लगा, क्या वह सचमुच दुर्घटनाओं की सीमा को पार करके, कुछ इधर उसकी ओर आ रहे हैं, या उसका हाथ पकड़कर उसे भी परे दुर्घटनाओं की सीमा के अंदर ले जा रहे हैं?

लगा, शायद इसी तरह वह 'उस' के साथ एक लंबी ड्राइव पर जाया करते होंगे . . . इसी तरह चाय की थर्मस उसके साथ रहा करती होगी . . .

मुक्ता ने चौंक कर अपने हाथों की ओर देखा, विश्वास नहीं हुआ कि इन नए हाथों से क्या सचमुच उनके पुराने दिनों को थामा जा सकेगा?

काँपते हुए हाथों से मुक्ता ने आलमारी के पास जाकर आलमारी को खोला और वह चाबी निकाली, जो माँ ने जाते समय दी थी और कहा था, 'यह पहली के ट्रंक की चाबी है। तेरा जी करे तो खोल कर चीज़ें निकाल कर बरत लेना, जी करे तो किसी को दे देना . . .' और मुक्ता ने दबे पाँव स्टोर में जाकर वह ट्रंक खोला, जिसमें पहली के कपड़े रख कर वह ट्रंक बंद कर दिया था . . .

कई साड़ियाँ मुक्ता ने हाथों में उठाईं, फिर रख दीं, यह नहीं पता चल रहा था, नए हाथों से पुराने दिनों को पकड़ने के लिए किन धागों का सहारा लिया जा सकता है . . .

एक साड़ी आँखों को अलग-सी लगी, रंग-बिरंगी पतली लकीरों के जाल में लिपटी हुई। ख़याल आया, शायद यह वही हो, जो कुसुम ने बताया था कि वह फ्रांस से लाए थे . . .

मुक्ता ने ट्रंक को बंद करते हुए वह साड़ी बाहर रख ली और गुसलखाने में नहाने के लिए चली गई और नहाकर उस साड़ी को पहनते हुए उसे अजीब-सा अहसास हुआ, जैसे वह कपड़े नहीं, जन्म बदल रही हो . . .

अभी अँधेरा था, जब गाड़ी में चाय और बाकी चीज़ें रखवा कर, मुक्ता ने दिलीप राय को जगाया। जागने और तैयार होने के समय दिलीप राय ने शायद ध्यान नहीं दिया, लेकिन बाहर आकर, गाड़ी में बैठते समय एक बार उन्होंने मुक्ता की ओर देखा, तो मुक्ता को लगा, उनकी नज़र साड़ी के पल्ले पर अटक-सी गई है . . .

पर दिलीप राय ने कुछ नहीं कहा। चुपचाप गाड़ी चलाने लगे और मुक्ता गाड़ी की खिड़की से दिल्ली के खंडहरों को देखती अपने में उतर गई, न जाने इस दिल्ली के मेरे भीतर कितनी बार बनना-उबरना है और कितनी बार खंडहर होना है . . .

पंद्रह

डॉक्टर ने मुक्ता का मुआयना किया तो पहली बधाई दिलीप राय को दी, दूसरी मुक्ता को . . .

यह वही डॉक्टर थी, जिसके हाथों दिलीप राय के पहले बच्चे का जन्म हुआ था। उसे उस बच्चे की मृत्यु का भी पता था, इसलिए उसकी आँखों में इस समय बधाई की पहली आवश्यकता दिलीप राय को थी।

दिलीप राय को एक तसल्ली का अहसास हुआ, पर डॉक्टर के जाने के बाद यह उन्होंने मुक्ता को आँखों में भर कर देखा, लगा, यह तसल्ली का एहसास उन्हें इतना अपनी खातिर नहीं हुआ था, जितना मुक्ता का खातिर . . .

जिस दिन मुक्ता ने घर की पहली औरत के कपड़े निकाल कर पहने थे; दिलीप राय ने कहा कुछ नहीं था, पर उस दिन से एक चिंता उनके मन में उतर गई थी कि मुक्ता इस घर में आई है, पर अपना अस्तित्व पहनकर नहीं . . .

आज उन्होंने मुक्ता को आँखों में भरकर देखा तो मुक्ता मुस्करा दी, पर क्षण-भर की तसल्ली के बाद दिलीप राय ने महसूस किया कि मुक्ता की मुस्कराहट जैसे किसी खंडहर में से निकलकर सामने आई हो – बीते काल की धूल में लिपटी हुई, और किनारों से घिसी-टूटी हुई . . .

'तुम ख़ुश नहीं हो?' ख़ुशी के पहले क्षण में ही दिलीप राय ने अचानक मुक्ता से पूछा; पर अपने शब्द ही कानों को अजीब लगे . . .

'ख़ुश हूँ . . .' मुक्ता ने कहा, पर जल्दी से, जैसे पाँव स्थिर न हों . . .

दिलीप राय ने एक संजीदगी से मुक्ता की इस घबराहट को झेल लिया और उसका और अपना ध्यान नई ओर मोड़ना चाहा, पूछा, 'तुम्हारा क्या जी करता है, लड़की हो या . . .'

'लड़का . . .' मुक्ता ने जल्दी से कहा।

दिलीप राय हँस पड़े। कुछ कहा नहीं, पर सोचा, हर औरत यही कहती है, पता नहीं क्यों? औरत को अपनी ज़ात अच्छी नहीं लगती।

कहा, 'अगर लड़की हुई तो?'

'हो ही नहीं सकती।'

'क्यों?'

'आप नहीं जानते।'

दिलीप राय हँसने लगे, पर मुक्ता नहीं हँसी। उसने केवल एक नज़र उधर देखा, जिधर कमरे में बच्चे की तस्वीर पड़ी हुई थी . . .

'माँ को ख़त लिखूँ? बहुत ख़ुश होगी . . .' दिलीप राय ने कहा, तो मुक्ता चौंक-सी गई, बोली, 'नहीं मुझे डर लगता है।'

'डर? काहे का?'

'पता नहीं . . . शायद यह कि यह सच नहीं नहीं . . . ख़त मत लिखना . . .'

दिलीप राय फिर हँस पड़े, पर कहने लगे, 'अच्छा, नहीं लिखता, अगले हफ्ते लिखूँगा, या उससे अगले हफ्ते। जब भी तुम कहोगी।'

फिर दो हफ्ते भी बीत गए, पर ख़त लिखने का समय आकर भी नहीं आया। मुक्ता अचानक पीड़ा से तड़पने लगी और डॉक्टर ने आकर कहा कि इस बच्चे को बचाया नहीं जा सकता . . .

हलका-सा ऑपरेशन करना पड़ा, पर मुक्ता को पीड़ा मुक्त करके भी डॉक्टर जानती थी कि इस समय एक तसल्ली और हमदर्दी की आवश्यकता जितनी मुक्ता को है, उतनी दिलीप राय को नहीं। इसलिए डॉक्टर ने बड़े अपनत्व से मुक्ता के लिए समय लगाया और विश्वास दिलाना चाहा कि आगे के लिए कोई शर्माहट उसके अंदर न बैठे। मुक्ता की माँ उस दिन पास रही थी। उसने घबराकर डॉक्टर से पूछा था कि एक बार अगर ऐसा हो जाए तो आगे भी सचमुच हमेशा ऐसे ही होने का ख़तरा होता है क्या? इसलिए डॉक्टर ने मुक्ता को, और उसकी माँ को तसल्ली देते हुए इकरार

किया कि फिर समय आया, तो मुक्ता की सारी देखरेख पहले दिन से ही अपने हाथ में ले लेगी।

सोलह

मुक्ता ने केवल सुना, पूछा कुछ नहीं . . . शायद सुना भी नहीं। डॉक्टर चली गई, माँ चली गई, तो उसने केवल दिलीप राय से कहा, 'आप बहुत उदास हैं?'

दिलीप राय ने कुछ चौंककर मुक्ता की ओर देखा। इस समय वह पीली ज़र्द-सी पलंग पर पड़ी थी, और उसका यह प्रश्न कुछ स्वाभाविक हो सकता था, लेकिन दिलीप राय को स्वाभाविक नहीं लगा। लगा ये शब्द आज के नहीं, ब्याह की पहली रात के, यहीं पलंग के पास पड़े हुए हैं . . . पहली रात पहले शब्द मुक्ता ने उनसे यही कहे थे . . .

कुछ समझ में नहीं आया तो दिलीप राय पलंग की पट्टी पर मुक्ता के पास बैठ गए और उसके एक हाथ को अपने हाथों में लेकर उसकी ओर देखने लगे।

देखा, मुक्ता की आँखों में पानी भर आया है . . .

'ऐसे ही होना था, मुझे लगता था . . .' मुक्ता ने धीरे से कहा और एक ठंडी साँस ली जैसे एक अंतिम निर्णय अपने ही मुँह से अपने कानों को सुनाया हो . . .

'मुक्ता! . . .' दिलीप राय ने मुँह से निकाला तो मुक्ता ने एक राहत की साँस लेकर उनकी ओर देखा। लगा, इस पीड़ा की घड़ी में वह मुक्ता के

कुछ निकट आ गए हैं . . . इसीलिए शायद उन्होंने आज मिस दिल्ली नहीं कहा . . . आज पहली बार मुक्ता कहा है।

पर दिलीप राय उसी तरह हैरान उसकी ओर देख रहे थे, शायद उसकी ओर नहीं, केवल इन शब्दों की ओर, 'ऐसे ही होना था, मुझे लगता था . . .'

'क्या सोच रहे हैं?' . . . मुक्ता ने अचानक पूछा।

'तुम्हें ऐसा क्यों लगता था मुक्ता? शायद कुछ है, जो तुम मुझे नहीं बता रही हो!'

दिलीप राय का प्रश्न सीधा मुक्ता से टकरा गया, तो मुक्ता ने घबराकर अपना हाथ उनके हाथों से खींच लिया . . .

कुछ बच्चे के अस्तित्व से भी अधिक, जैसे मुक्ता के शरीर में से निचुड़ गया और वह बिल्कुल बेजान-सी कमरे की दीवारों की ओर देखने लगी . . .

'मुक्ता!'

दिलीप राय ने मुक्ता के होंठों के पास झुककर ऐसे आवाज़ दी, जैसे कोई कदम-कदम दूर जाते हुए किसी को ज़ोर से आवाज़ देकर रोकना चाहे . . .

मुक्ता का मन ठिठक कर ख़ड़ा हो गया। परे जाने के लिए भी कोई जगह नहीं थी, इसलिए वहीं खड़े होकर, काँपकर वह दिलीप राय की ओर देखने लगी . . .

दिलीप राय को याद आया, आज से कई दिन पहले, उस दिन, जिस दिन डॉक्टर ने पहली बार बधाई दी थी, उस दिन भी मुक्ता ने कहा था, 'नहीं, माँ को ख़त मत लिखना . . . मुझे डर लगता हैं . . .'

लगा– कुछ है, जो मुक्ता को भीतर ही भीतर तोड़ रहा है। शायद वही कुछ आज उसे इस तरह लहूलुहान कर गया है . . .

दिलीप राय ने धीरे से मुक्ता के माथे पर हाथ रखा, पर मुँह से कुछ नहीं कहा।

पर दिलीप राय की हथेली के स्पर्श से मुक्ता के माथे की नस पिघल गई, आँखों में पानी बनकर आ गई . . .

दिलीप राय ने उसकी आँखों से झर आए पानी को अपने पोरों से पोंछा और उसे कुछ हँसाने का जतन करते हुए कहा, 'तुम औरतों को कई बातों का आप ही आप किस तरह पता चल जाता है? जानती हो माँ क्या कह रही थीं?'

'क्या?'

'कि यह ज़रूर लड़का था, तभी चला गया . . . लड़की होती तो ऐसा कुछ नहीं था . . . लड़कियों की बारी इस तरह नहीं हुआ करता . . .'

सो अगली बार तुम अभी से सोच लो कि लड़की होगी और इसलिए फिर ऐसे नहीं होगा . . . रोने की क्या बात है?'

'नहीं अगली बार भी लड़की नहीं होगी . . .' मुक्ता के मुँह से यह निकला तो दिलीप राय फिर चौंक गए, पर हँसते हुए पूछने लगे, 'तुम औरतों को यह किस तरह पता लग जाता है? इस बार भी तुम कहती थीं . . .'

'मुझे मालूम था।'

'कैसे?'

'यह राहुल था।'

दिलीप राय ने मुक्ता के मुँह से अपने मरे हुए बच्चे का नाम सुना तो काँप कर मुक्ता की ओर देखा।

सचमुच यह राहुल था . . . मुक्ता के मन ने छलक जाना चाहा, कहना चाहा कि मैं जब यहाँ आई थी, तो मेरी गोद में उसकी लाश पड़ी हुई थी।

वही रोज़ हमारे पलंग पर होती थी . . . हम दोनों के बीच अब वही मेरे भीतर थी . . .

पर मुक्ता की जीभ जैसे सुन्न हो गई, यह भयानक सारा कुछ जीभ पर जम गया . . .

'मुक्ता!' दिलीप राय ने घबराकर मुक्ता का सिर अपने घुटनों पर रख लिया, फिर प्यार से कहा, 'यह पागलपन है मुक्ता! तुम यही सोचा करती थीं? तुम्हें इसीलिए डर लगा करता था?'

मुक्ता ने ज़र्द होकर दिलीप राय की ओर देखा, फिर काँपती-सी कहने लगी, 'वह इसीलिए मर गया था, क्योंकि मैंने चाहा था।'

'पगली! तुमने तो उसे . . .'

पर मुक्ता दिलीप राय की बात को सुने बिना कहती गई, 'नहीं, यह मैंने सोचा था कि वह न हो . . . तो वह मुझसे गुस्से होकर चला गया . . . वह इसीलिए . . . इसीलिए . . .'

दिलीप राय ने मुक्ता के काँपते हुए होंठों को हथेली से चुप करना चाहा, पर मुक्ता के मन में जो कुछ था, वह सारे का सारा दिलीप राय की हथेलियों पर आ पड़ा, 'आपने मुझे बच्चे की खातिर चाहा था, अपने लिए नहीं . . . पर मैं आपको चाहती थी, सारा, किसी और का नहीं बच्चे का भी नहीं . . . इसीलिए मैंने चाहा, वह न हो . . .'

'तुमने इसीलिए कई महीने ब्याह के लिए हाँ नहीं की थी?' . . . दिलीप राय ने बड़े धीरे से संभली हुई आवाज़ में पूछा।

'हाँ, इसलिए और केवल इसलिए नहीं कि आपका एक बच्चा था, इसलिए भी कि पहले मेरी जगह पर कोई और थी . . . अब नहीं थी, पर पहले थी . . . क्यों थी . . .'

'वह मेरी बेवफ़ाई थी' दिलीप़ राय ने एक बार हँसकर कहा, फिर पलंग से उठकर, पास खड़े होकर मुक्ता की ओर देखते हुए गंभीर हो गए, कहने लगे, 'तुमने सचमुच मुझसे इस तरह प्यार किया है, मुक्ता?'

और फिर वह मुक्ता के पास झुक कर कहने लगे, 'ख़तरनाक औरत! जब तुझे सोचा था, तब यह मैंने नहीं सोचा था . . .'

मुक्ता ने अपनी काँपती हुई बाँह उनके गले में लपेट दी कहा, 'पर मेरी मोहब्बत में यह गुनाह क्यों शामिल हो गया? मैं आपको पाना चाहती थी, नहीं चाहती थी कि आप किसी और के भी हों, बच्चे के भी नहीं, पर मैं बच्चे की मौत नहीं चाहती थी . . . यह चाहती थी कि वह न हो, पर यह नहीं चाहती थी कि वह मर जाए . . .'

दिलीप राय ने अपने हाथों से जैसे अनंत के क्षण को छू लिया, मुक्ता की मोहब्बत को बच्चे का अस्तित्व स्वीकार नहीं था, पर उसकी मृत्यु भी स्वीकार नहीं थी, और इस बात को जितना मुक्ता ने भी नहीं पाया था, वह दिलीप राय ने पा लिया . . .

मुक्ता ने फिर कहा, 'मैं अपने और आपके बीच वह बच्चा नहीं चाहती थी, वह नहीं रहा, पर उसकी जगह उसकी लाश आ गई . . . रोज़, यहाँ पलंग पर . . .'

दिलीप राय ने मुक्ता के होंठों पर अपना हाथ रख दिया, कहा, 'नहीं मुक्ता! तुम्हारे और मेरे बीच और कोई चीज़ नहीं है। मेरा अतीत शायद था, पर अब नहीं है . . .'

मुक्ता सवेरे जागी तो देखा, कमरे में रोज़ वाली जगह पर वह तस्वीर नहीं थी, जो दिलीप राय ने किसी के भी कहने पर कमरे से उठाने नहीं दी थी . . .

मुक्ता ने धीरे से उठकर बराबर के कमरे की आलमारी टटोली तो वह तस्वीर मिल गई। उसने तस्वीर को फिर आलमारी में से उठाया, उसे पोंछा

और कमरे में उसी जगह पर रख दिया, जहाँ वह हमेशा रखी रहती थी। दिलीप राय ने तस्वीर को फिर उसी जगह पर देखकर मुक्ता की ओर देखा तो मुक्ता हँस पड़ी, 'यह अब मेरे भी हैं। आपका अतीत सबका सब मेरे में शामिल हो गया है, मेरा बन गया है, मेरा अपना . . .'

❑❑❑